H. J. Hoffmann – Ach, so schmutzig …

Über den Autor:

H. J. Hoffmann, geboren 1949 in Duisburg.
Er lebt seit 1987 in Köln, ist seit 1994 verheiratet
und Vater von drei Kindern.

H. J. Hoffmann

Ach, so schmutzig …

und bringe er den Ball mit!

Geschichte(n)

Bibliografische Information der Deutschen
Nationalbibliothek:
Die Deutsche Nationalbibliothek verzeichnet diese
Publikation in der Deutschen Nationalbibliografie;
detaillierte bibliografische Daten sind im Internet über
http://dnb.dnb.de abrufbar.

© 2019 H. J. Hoffmann
www.hjuergen-hoffmann.de
Umschlagfoto: © Heinrich Cuipers
Herstellung:
BoD – Books on Demand, Norderstedt

ISBN: 978-3-7481-4086-3

Für meine Frau Margit und meine Töchter Lara und Svea in Liebe. Danke für Eure Geduld und Unterstützung.

Drei Dinge sind uns aus dem Paradies geblieben:
Die Sterne der Nacht,
Die Blumen des Tages
Und die Augen der Kinder.

Dante Alighieri (1265-1321), Göttliche Komödie,
geschrieben zwischen 1307 und 1321

1

Staub in allen Ritzen

Am Ende der 1940er Jahre liegen viele der größeren Städte in Deutschland immer noch in Schutt und Asche. In den 1950er Jahren werden die größten Kriegsschäden zwar weggeräumt oder auch nur kaschiert sein. Arbeitskräftemangel. Männer sind im Krieg gefallen oder noch in Gefangenschaft bei den Siegermächten, andere sind verkrüppelt und arbeitsunfähig. „Trümmerfrauen" waren es zu wenige, um die von Männern in Trümmer gelegten Städte wieder bewohnbar zu machen. Die wenigen hatten alle Hände voll zu tun. Schutt und Asche wegräumen, Backsteine sammeln, sie - so gut es ging - zu reinigen und zu stapeln für den Neuaufbau.

Trotz oder gerade wegen der strikten Verbote und Hinweise auf die Gefahren herabfallender Bauteile, dienen Häuserruinen und Neubauten der aufstrebenden Nachkriegsjugend als willkommene Spielorte. Die Luft riecht nach einer Mischung aus verbranntem Eisen, frischem Zement, verbranntem Holz und anderem Undefinierbarem. Geatmet wird trotzdem. Die Luft schmeckt nach verbranntem Eisen und lässt Zähne knirschen.

Auf allen Hinterhöfen der Ruhrgebietsstädte schichtet sich der graue Staub aus den feuerspeienden Hochöfen der Stahlwerke. Kinder spielen. Unter ihnen: der siebenjährige Bruno. Häufig sind die spielenden Kinder im Hof farblich kaum voneinander zu unterscheiden. Auch Bruno nicht. Oft erkennt man die Kinder nur an der unterschiedlichen Lautstärke ihres Krächzens oder an den ebenso unterschiedlichen Hustentönen. Nicht umsonst machen die zugehörigen Eltern irgendwann keinen Unterschied mehr zwischen den Dreckspatzen auf den Fenstersimsen und den Dreckspatzen auf dem Hof. Manche von ihnen haben auf diese Weise das Leben in anderen Familien kennenlernen können und nach einigen Tagen feststellen müssen, dass es auch nicht besser war als im eigenen Zuhause. Bruno erinnert sich im Laufe seiner familiären Neuerfahrung an den mittäglichen Pfiff seiner Großmutter, speist ihn wieder in die ehemalig zugehörige Zelle seines Gehirns ein und folgt fortan dem altbekannten Ruf des Pfiffes.

„Bruno! - Mittagessen!" Oder: „Raufkommen … die Lichter gehn schon an!"

Brunos Oma ist großartig. Wo andere auf dem letzten Loch pfiffen, konnte sie sowohl auf vier, gar auf zwei Fingern pfeifen. Waren die Finger zuvor anderweitig beschäftigt und in der Folge schmutzig, genügte ihr Zungendruck an den Zähnen. Die herausgepresste Luft durch ihre kleine Zahnlücke war trotzdem im gesamten Wohnareal zu hören. Gellend und wie der warnende Pfiff des Eichelhähers, der damals als ‚Polizist des Waldes' tatsächlich noch den Wald bevorzugte. Vermutlich, weil ihm die Stadtluft die Luft zum Pfeifen genommen hätte. Damals. Es war ein Vorteil für alle aus dem Viertel, einen Eichelhäher zu haben. Jeder wusste:

„Bei Traut jibt et Mittachessen" oder „Die Lichter müssen wohl jrad anjejangen sein."

Manche der Neuzugezogenen, die gegenüber der Turmuhr wohnten und einen freien Blick darauf hatten, vergewisserten sich mit einem prüfenden Blick auf die Uhrzeit. Die Uhr ging exakt nach Trautchens Vorgabe. Beide Zeiger ruhten sich auf der Zwölf aus.

Eltern und Großeltern aus den umliegenden Wohnungen hatten ihren Sprösslingen eingebläut, den auffordernden, vielleicht auch warnenden Pfeifklängen bei deren Erklingen, unbedingt Folge zu leisten - wie es Bruno artig tat. Aber bitte darauf achten, den eigenen Hauseingang zu benutzen.

Neben den spielenden Kindern trocknet auch die eingelaugte, gewaschene Wäsche auf gespannten Drähten in dem verstaubten Areal. Frisch gewaschene weiße Hemden nehmen während der Trocknung den stetig herunterrieselnden grauen Staub gerne auf. Im Übrigen macht der Staub keinerlei Ausnahme bei Kindern oder Wäsche. Selbst Henkels Persil, das angeblich reiner waschen sollte als andere Waschmittel, versagte bereits an den nur kurzfristig wie weiß aussehenden Geweben, wenn diese gerade aus den Weidenkörben das ergraute Licht der Welt erblickt hatten. Mit Persil konnten gerne auch braune Flecken entfernt werden. Kein Mensch ärgert sich über diese schöne einheitliche Farbe. Man kennt ja nichts anderes. Wer nur flüchtende weiße Farbe kennt, vermisst keine bleibend blendendweiße Reinheit. Und von Flucht konnten viele der Altvorderen ein Liedchen singen – oder pfeifen.

Was die Waschfrauen immer wieder ärgert, sind allenfalls die Fußballabdrücke der aus Tuch- und anderen Fetzen zusammengeknüllten, mit aus Hanf gezwirbelten Wäscheleinen zusammengehaltenen Fußbälle. Entsprechende Bälle aus braunem Leder sind für die jungen Fußballbegeisterten unerschwinglich teuer und nur bei der deutschen Fußball-Nationalmannschaft zu sehen. Ein Wunschtraum verstaubter Jungen. Großäugige Blicke treffen auf Schwarzweiß-Fotografien mit den weltmeisterlichen, Adidas beschuhten Füßen von Fritz Walter, Max Morlock oder Helmut Rahn. Es sind die Fotos, die der heimlichen Sehnsucht Ausdruck geben. Abgestellte Füße auf ruhenden Bällen. Bruno ist das alles egal. Er wird nur im allerhöchsten Notfall gezwungen, sich einer Gruppe anzuschließen, die gegen die Kugel tritt. Also allerhöchstens dann, wenn es einen Spieler zu wenig gab, um eine „Mannschaft" eine solche nennen zu können. Bruno kann nur Bananenflanken, und das auch noch lange bevor dieser Begriff durch die hohe Kunst des Manfred Kaltz beim Hamburger Sportverein kreiert, verfeinert und in einer späteren Nationalelf von ihm zur gefürchteten Flankenvariante perfektioniert werden wird. Brunos Flanken hingegen verweigern konsequent jede Flugbahn in Richtung gegnerischem Tor. Sie bevorzugen die entgegengesetzte Richtung. Bruno hatte „Erbsen inne Schuhe". Eine größere Verachtung für falsch eingehängte Füße konnte einem Jungen kaum bis gar nicht widerfahren. Bruno wird in seinem Leben nie mehr gegen einen Ball treten, und sei dieser aus dem besten Leder genäht und mit Luft aufgepumpt. „Kein Traum, ein Trauma", sagt er heute.

Manchmal, wenn es hieß, „die Lichter gehen schon an", rief die Oma schon mal in freundlichem Ton dem kleinen Bruno zu:

„Un bring dinge Ball mit!"

Es bleibt stets das gleiche Problem. Wenn Bruno schon mal einen dieser Plastikbälle geschenkt bekommen hatte, war es so sicher wie Omas Amen in der Kirche: Brunos Ball war bereits von den fußballspielenden Jungs konfisziert. Wie gewonnen, so zerronnen.

Und was ist mit dem Gedanken an staubfreie Lungen bei Kindern? Nichts! Kein Mensch macht sich Gedanken darüber. Unwissend ob der chronischen Langzeitwirkung in deren Lungenflügeln. Es wird in den 2010er Jahren und später noch über die Gefährlichkeit von Feinstaub debattiert werden. Es wird einige sogenannte Feinstaubfilter in Autos und Industrieanlagen geben. Hurra! Aber die stetig steigende Anzahl von Kraftfahrzeugen wird weiter Feinstaub durch Reifenabrieb produzieren. In mehr als zwei nachfolgenden Generationen wird das Resultat gleich null sein! Wer sollte das nach dem Krieg wissen? Keiner! Der Langzeitwirkung gefährlicher Stäube in den Lungen der Kinder aus den Nachkriegs- und den sogenannten Wohlstandsjahren wird nicht nur keine Bedeutung beigemessen, sondern sie wird einfach ignoriert werden. Was man nicht weiß, macht einen nicht heiß.

Was haben die Menschen jener Zeit gemacht? Sie haben Farbunterschiede festgestellt und darauf reagiert. Die Frauen kaufen ihren Männern graue Unterhemden. „Da sieht man wenigstens nicht alles drauf."

Gehen wir also zurück in die Zeit der Grautöne. Frauen tragen Kittelschürzen und lassen nackte Oberarme unbedeckt. Und das nicht nur zu Hause. Sie tragen ihre ärmellosen Kittelschürzen auch beim Einkaufen. Ihre nur einmal in der Woche gewaschenen Haare, in der Regel also „aus dem Lot" geraten, also vom

Staub statt Haarfestiger in helmgleiche Formen gebracht, also struppig. Das Waschen der Haare verlieh nur sehr kurzzeitig ein Gefühl der generellen Sauberkeit. Durchgerubbelt bis an die Grenze der Feuchtigkeitsaufnahme eines handelsüblichen Handtuches, muss die Restfeuchte einer Lufttrocknung ausgesetzt werden. Ein Föhn ist so unbekannt wie Kolumbus. Aber es freut den Staub in der Luft, der sich sogleich wieder über den frischen Duft legt.

Kopf und Haare werden beim Einkaufen und beim sonntäglichen Spaziergang mit Kopftüchern bedeckt. Die Frauen sehen aus wie die spätere englische Königin Lisbeth bei ihren Pferden im Stall. Und die Queen darf das immer noch. Kopftücher haben damals niemanden erregt! Man kann's kaum glauben, obwohl es in heutiger Zeit Diskussionen über das Tragen von Kopftüchern gibt. Bei anderen - und vor allem - fremden Religionen wird das kritisiert und geächtet. Bei den Frauen in den Nachkriegsjahren war das normal. Mit der Zeit ändern sich geschichtliche Gepflogenheiten und mit ihnen das geschichtliche Gedächtnis. Die damit verbundene und notwendige Relativierung und das Gefühl für Gleichbehandlung zerbröselt und wird zu Staub. Mit Verlaub, sagt Bruno heute:

„Auch die Frauen in den aufkommenden Wiederaufbau- und anschließenden Wohlstandsjahren konnten nicht in die Zukunft schauen."

Das ging noch nicht. Es war eine andere Zeit. Eine Zeit, in der den Vornamen der Frauen gerne ein „chen" angehängt wird. Verniedlichung als Ausdruck einer Wohn- und Lebensgemeinschaft, die gefühlt den Krieg verloren, nicht den Frieden gewonnen und sich nun dem Wiederaufbau gewidmet hat. Aus Gertrud wird

„dat Trutchen" oder „Trautchen", aus Josefine wird „dat Finchen". Es gibt sie, die „Gustchen" genannte Auguste, das „Ännchen" oder, wenn es streng werden sollte, die Änne. Das „Hildchen" für die Hilde, die einige Jahre später keinem „geschenkten Gaul ins Maul" schauen wird. Die Männer haben hingegen Glück. Sie werden mit ganzem Namen gerufen. Es sei denn, sie heißen Johann und wohnen auf rheinischem Gebiet, das einst von Napoleons Franzosen in den Anfängen des 19. Jahrhunderts annektiert worden war. Da ist der Johann ein französisch klingender Jean, den die Rheinischen „Schäng" aussprechen und die phonetische Variante bevorzugt in den Alltag haben einfließen lassen. Damals wie heute.

Und das allgemeine Aussehen? Männer und Frauen, die heutzutage aussehen wie achtzig, wären Ende der 1940er und den 1950er Jahren gut und gerne als „ungefähr fünfzig" geführt worden. Wohlstand macht nicht nur dick. Wohlstand macht die Haut glatt und faltenlos. Wohlstand macht auch die Haare schön.

Fadensalat

Die Stromleitungen liegen in sichtbaren Röhrchen versteckt auf dem Wandputz und bilden mit der darüber geklebten Blümchentapete eine wellig-knubbelige Einheit. Die schwarzen Drehschalter aus Bakelit sitzen „auf Putz". Die fußbetriebene Adler-Nähmaschine ist Möbelstück und Handwerksgerät in einem. Zur Benutzung werden bei Bedarf die Deckchen mit den angehäkelten Rändern entfernt, die Maschine herausgeklappt, fixiert, der lederne Antriebsriemen auf das Schwungrad geschwungen, die Nadel in den Nähkopf eingeführt, der Faden von der Rolle auf der Maschine über geheimnisvolle Einfädelwege, die nur der Näherin bekannt sind, der Öse in der Nähnadel zugeführt. Wenn alles klappt, kann es losgehen. Es rattert die Nadel in geraden oder in gezackten Linien über den Stoff, aus dem sich am Ende der Mühsal ein Hemd, ein neuer Hemdenkragen oder eine Manschette gebildet hat.

Manchmal ist es ein neues Kleidchen für die Tochter. Manchmal wird nur der Saum aufgetrennt und erst in verkürzter und später in verlängerter Form wieder zusammengenäht. Das Kleid wird dem Wachstum der Tochter folgen.

„Dä Stoff is immer noch jut!"

Da ist sich Trautchen völlig sicher. In der verkürzten Form des von Finchen geliebten Kleides in ihrer Lieblingsfarbe rot, wird der Saum doppeltgelegt eingenäht und das so entstehende Kleidchen sinnigerweise „Kleidchen" genannt. Wenn es Jahre später in die andere Richtung gehen wird, der Saum also für eine Verlängerung herhalten muss, die aber leider gerade noch bis knapp oberhalb der Knie reichen wird, wird auch das einstige Kleidchen kurzerhand zum „Fummel" umbenannt werden. Oder gleich ein Rock daraus geschneidert. Ein Auf und Ab wie die Bewegung der Nähmaschinennadel, die hin und wieder einen Fadensalat in „dä jute Stoff" fabriziert, den „mer widder aufdrösele mutt." Meist war es die rote Garnrolle, die ihren Faden nicht gerne akkurat herzugeben schien. Dann musste Trautchen den Faden entwirren und den neuen Faden wieder aufnehmen. Das ärgerte sie jedes Mal. Außerhalb ihrer Nähmaschine verlor sie gerne mal den Faden, den sie allerdings ebenso gerne gefühlte Jahre später wieder aufzunehmen weiß.

Aus ihren leise vor sich hin gebrummelten Worten vor dem Fadensalat sitzend, war im Augenblick schlechterdings kein Fluchen zu erkennen. Es sei denn, jemand interpretierte ihr „verdorri nomma" als Fluch. Wenn ihr Enkelsohn Bruno viele Jahre später ihr Grummeln hören wird, wird er sich allerdings ziemlich sicher sein, dass ihr Herrgott dies nicht als einen Fluch angesehen haben kann.

Muckefuck und Tropfenfänger

„Ich glaub', et war im Mai", hat Brunos Mutter auf seine Frage geantwortet, wann sie den Vater ihrer Kinder kennengelernt habe. Das war 1948, glaubte sie zu wissen.

Ihre Eltern hätten Besuch erwartet, ohne ihr zu sagen, wer denn käme. „Wirste schon seh'n."

Großes Geheimnis.

Trotz staubbedeckter Häuser mit Löchern und Kratern von Querschlägern der Bombardierungen, trotz der Häuserreste, die als Backsteinabraumgebiete oder als - streng verbotene - Abenteuerspielplätze für Kinder herhalten müssen, trotz der von Staub erblindeten Fensterscheiben, trotz der Hinterhöfe mit den grauen Hemden und den ebenso grauen Kindern, trotz all dieser äußeren Umstände erwarten Trautchen und Schäng Besuch. Der Versuch einer Verkupplung von Tochter Finchen, mittlerweile 25 Jahre alt, nichts ahnte. Fine ist ein ansehnliches, ja hübsches Wesen. Das Röckchen („dä Fummel") gerade bis zum Knieansatz tragend und dennoch auf dem besten Wege, eine alte Jungfer zu werden. Junge Frauen, die mit achtzehn, neunzehn oder zwanzig Jahren noch nicht verheiratet waren, trieben den Eltern gern schon mal eine gehörige Portion Angst ein. Das Kind könnte ja sitzenbleiben, ein Mauerblümchen werden oder unbefruchtet im Haushalt der Eltern verstauben. Dieser Zustand hatte sich allerdings auch und gerade in den Zeiten nach dem Krieg weiter verschärft. Die zwecks einer Verehelichung taugliche Anzahl von Männern hatte sich leider ziemlich verringert. Krieg und Gefangenschaft hatten Opfer gekostet, die nun auf dem Markt fehlten.

Oder sie liefen einbeinig an Krücken durch die zertrümmerte Welt. Oder ihnen fehlten andere Extremitäten. Anderen fehlte das Werkzeug zur Fortpflanzung. Was wiederum häufig erst in der Hochzeitsnacht festgestellt wurde. Wo andere nicht gerne die Katze im Sack kauften, hatten einige Frauen das Pech, eine Katze ohne Sack gekauft zu haben. Trotz alledem: Es gab Hoffnung. Vor allem, wenn sie nicht aufgegeben wurde. Und Trautchen gab nie die Hoffnung auf, trotz der zwei im Krieg verlorenen Söhne. Der dritte Sohn war ja zurückgekommen, und sie hatte noch ihr jüngstes Kind, ihre Tochter Fine. Eine um fünfzig Prozent reduzierte Kinderschar war ihr immerhin geblieben.

„Dä Herrjott hät et su jewollt."

Ihr Herrgott, das war völlig klar, trug weder eine dunkle Rotzbremse, noch fettig geölte Haare. Ihr Herrgott trug weiß. Weiße Kutte, weiße, lange Haare, weißer, langer Bart. Ihr Herrgott saß auf einer weißen Wolke und zeigte mit ausgestrecktem Arm und angehängtem Zeigefinger nach unten. Hinab auf die Welt, die er innerhalb von sieben Tagen erschaffen hatte – wie gerne behauptet wird.

„Dat is nich janz richtisch", korrigiert Trautchen, wenn's ihr nötig erschien.

„Dä Herrjott hät dat in sechs Tare jemaat. Am siebte hät dä sich usjeruht."

Sie kannte sich aus in der Weltliteratur. Die Bibel lag auch nachts unter ihrem Kopfkissen. Und wehe, wenn jemand entgegen ihrer Wahrheit behauptete, der Herrgott habe am siebten Tag wohl so einiges verschlafen. Gnade ihm Gott.

Bruno wird viel später in seinem Leben davon mehr und mehr überzeugt sein, dass sie wirklich geglaubt hat, der Herrgott habe alles so gewollt. Bruno wird sogar glauben, es zu wissen, dass sie unter dem Verlust ihrer Söhne sehr gelitten hat. Und er wird glauben, dass sie dieses Leiden ihren Enkelkindern gegenüber nur nie gezeigt hat. Es sei allerdings durchaus möglich, dass die Enkelkinder ihre Tränen gar nicht wahrgenommen haben oder wahrnehmen wollten, wenn die Oma mit verstohlenem Blick auf die über der Adler-Nähmaschine aufgehängten beiden Ölgemälde ihrer gefallenen Söhne blickte.

„Dä Herrjott hät et su jewollt." Basta!

Sei's drum: Heute steht die Realität im Vordergrund. Finchen muss dringend unter die Haube. Allerhöchste Eisenbahn. Schängs junger Kollege Julius Kallenbach scheint dafür durchaus ein passender Kandidat zu sein. Freundlich, ernst, zurückhaltend, etwas eitel und Wert auf gutaussehende Kleidung legend. Ein guter Arbeiter. Von Krieg und französischer Gefangenschaft äußerlich unversehrt, sieht er insgesamt doch recht passabel aus. Er also ist der erwartete Besuch, für den auch noch Bohnenkaffee hätte aufgebrüht werden können, um zu zeigen, dass es ihn gibt – den Bohnenkaffee. Ganz abgesehen davon, dass es den Tchibo-Kaffee ansonsten und ausschließlich an einem Sonntag gäbe. Für Besuch! Nicht für die Nachbarn. Selbstverständlich. „Dat Zeuch is ze duer."

Es war so: Das Zeug war sogar sehr teuer. Bohnenkaffee war für einen ungelernten Walzwerksarbeiter mit kärglichem Wochenlohn von 26 Reichsmark[1] bei einer 48-stündigen Arbeitswoche noch nahezu unerschwinglich. Ein Luxusartikel, der kollektiv und nur einmal im Jahr direkt bei Tchibo in angemessener Auflage bestellt werden musste. Wenn überhaupt. Luxus, den man sich allenfalls leistete, wenn die Verwandtschaft am ersten Weihnachtstag zu Besuch erschien. So verwandtschaftlich hoch wird der heutige Gast allerdings nicht eingestuft, als dass die Geldbörse übermäßig hätte strapaziert werden müssen. Es bleibt beim Muckefuck, diesem Gerste-Malzgemisch[2].

Für den Luxusartikel Bohnenkaffee musste schon kräftig gespart werden. Für die vielen luxusfreien Tage des Jahres gab es halt und ausschließlich Muckefuck, der angeblich auch noch wie Kaffee schmecken soll, es aber in der Wirklichkeit regelmäßig vermasselte. Das Gemisch machte eher seinem Namen als Ersatzkaffee tatsächlich alle Ehre. Gemahlene Eicheln wären vielleicht noch gegangen, nicht aber gemahlene Feigen oder Möhren.

„Su jet jiddet bei uns nit", ist Trautchens rigorose Abwehrhaltung gegen diese Geschmacksverirrungen, „dat schmeckt jo wie kaal Fööß."

Und wer wollte schon an kalten Füßen schmecken wollen? Die bevorzugte Marke blieb ‚Lindes Kornkaffee mit Zichorie', mit dem nicht ganz glaubhaft versehenen Hinweis, dass dieses Getränk natürlich gut sei.

Schäng verweist allerdings immer wieder gerne darauf, dass Bohnenkaffee „vill ze duer" sei und in diesem Falle der junge Gast froh sein könne, mehr als das durchsichtige Kommissgesöff aus den Blechnäpfen der Kriegszeit zu bekommen. Ganz abgesehen von der Frage, ob sich der Einsatz überhaupt lohnen würde, und ganz abgesehen von der Feststellung, „dat dä Jung kinne Bunnekaffee kenne däät." Natürlich lag hier eine Vermutung zugrunde, dass der junge Mann gar keinen Bohnenkaffee kennen würde. Schäng glaubte an seine Vermutung. Vor allem glaubte er daran, dass hinter den sieben Bergen keinerlei Kenntnis über das Vorhandensein solcher Genussmittel existieren konnte.

Dafür darf sich der Besuch auf das „jute Jeschirr" und das „jute Zeuch" freuen. Wenn er es denn zu schätzen wisse. So viel mehr weiß Schäng von dem jungen Mann nun auch wieder nicht. Man macht sich halt nur so seine Gedanken.

Das gute Geschirr ist weiß, mit stuckähnlich aussehenden Verzierungen. Die Kaffeekanne bezaubert durch einen wohlgeformten Schwanenhals, der auch diesen Namen trägt. Überhaupt: das Porzellan. Es macht etwas her, wenn es aus „Meißner Porzellan" hergestellt ist. Das ist bei Trautchens Keramik leider nicht der Fall. Auch hier: „Zu duer." Trautchens verbal geäußerter Echtheitshinweis lautet:

„Dat hat an Meißner Porzellan jelejen."

Das musste als Echtheitszertifikat ausreichen.

Das gute Zeug sind die selbstgenähten und selbstbestickten, schneeweißen Tischdecken. Vom Allerfeinsten. Wie geschaffen für die Aussteuer der Tochter, mitsamt den gestapelten Biberbetttüchern und dem gut sortierten Mokka-Kaffeeservice. Alles durch und über den Krieg hinweg gerettet und bombensicher verstaut. Man hatte ja sonst nichts.

Den Tropfenfänger, angebracht am Ausgussende des Schwanenhalses, hat Trautchen übrigens aus reiner Not erfunden. Sie hat sich immer wieder darüber geärgert, dass sich nach dem Eingießen des Kaffees in die extra dafür bereitgestellten Tassen mindestens ein Tröpfchen, oft gar zwei, als hässliche braune Flecken auf den schneeweißen Tischdecken wiederfanden. Tischdecken, die sich unter Zuhilfenahme von „Hoffmann's Stärke" und durch die Mangel gezwungen, zu Tablett förmigen

Steifgebilden geformt, wiederfanden. Kaffeeflecken waren nun nur noch möglich durch schlabbernde Gäste oder andere Flegel, die sich nicht benehmen konnten.

„Dat jute Zeuch" wurde anschließend wieder gewaschen und steifgestärkt - natürlich mittels Hoffmanns Stärke. Selbstverständlich; denn:

„Der alte deutsche Hoffmann spricht: Ohne Stärke geht es nicht!" So lautet der Werbeslogan.

Dieser Werbespruch hatte sich in den Köpfen vieler deutscher Hausfrauen fest- und durch permanente Anwendung verstärkt umgesetzt. Nicht anders war es bei Trautchen.

Johann, ihr 54-jähriger Ehemann, hat zum Tropfenfänger das Gummibändchen und den Haken aus Hand gebogenem Draht erfunden. Vereint hielten Gummiband und Haken von nun an gemeinsam den Fänger stramm unterhalb des Schwanenhalsausgießers. Was diese Konstruktion in seiner genialen Zusammenarbeit und zum Erstaunen aller auch tat - der verdrahtete Tropfenfänger. Trautchen setzt diese Konstruktion allerhöchstens zweimal im Jahr ein, wobei sie die bereits benutzte Seite des Röllchens einfach zum Kannenausguss dreht. Die nun sichtbare Seite ist ja noch jungfräulich rein, sodass der kleine Nachteil dieser Konstruktion stillschweigend hingenommen werden kann. Denn schon am gleichen Abend, wenn die Kaffeetropfen im Löschpapier den Prozess der Trocknung vollendet hatten, veränderte sich auch die Form des Röllchens. Es schrumpfte trotzig etwas ungleich an befleckter Stelle ein und verhärtete sich zusehends zu einem unansehnlichen Klumpen. Zum Glück ist diese Stelle nicht sogleich zu sehen, verbirgt sie sich doch in anschmiegsamer Form knapp unterhalb des weißen

Schwanenhalsausgießers. Man musste noch nicht einmal wegsehen. Zwischen den beiden Arbeitseinsätzen konnte durchaus schon mal ein ganzes Jahr liegen, was allerdings wiederum eine Auswirkung auf die Farbe des Löschpapierröllchens hatte. Aus dem ursprünglichen blass-rosa ist dann ein schmuddeliges Staubgrau geworden, mit flüchtig und zufällig hinein gesprenkelten rosa Pünktchen. Gottlob wird diese grandiose Erfindung nicht bei jeder Kaffeetafel eingesetzt. Nein. Haben sich nur gewöhnliche Nachbarinnen zum Kaffee eingeladen, reicht es, einen möglichst soeben noch gebrauchten Spüllappen zur Hand zu haben und sowohl *beim* als auch *nach* jedem Eingießen mindestens einmal über den sowieso versauten Schwanenhals zu wischen. Hygiene pur – und: „Dreck reinicht dr Mare." In jedem Fall war diese Art von Hygiene bedeutend besser, als abgehackte Armstümpfe in heißem Öl abzuschrecken. Im Übrigen wird es wohl weniger der Dreck gewesen sein, der den Magen reinigte. Es werden eher Bakterien gewesen sein, von denen Trautchen wohl nicht wusste, dass es sie gab. Was hierbei die Reinigung betreffen könnte, muss an dieser Stelle offen bleiben.

Zurück zum Besuch im Allgemeinen. Ist nämlich ein wichtiger oder für wichtig gehaltener Gast angesagt, dann, ja dann muss alles tipptopp sein. Dann wird das ‚gute Geschirr' aus dem Wohnzimmerschrank geholt und dem Gaste ebenso stolz präsentiert wie die gestärkte und durch die Mangel gezogene Tischdecke.

Während Trautchen also den Tisch deckt, den selbstgebackenen Pflaumenkuchen aus dem Ofen holt und das gute Geschirr parat stellt - wenn sie etwas irgendwohin stellte, stellte sie es „parat" -, hatte Schäng seine ‚Mösche' auf der Fensterbank gefüttert.

Beim Öffnen der Fenster im dritten Stock muss er jedes Mal ein wenig darauf achten, dass keiner der Spatzen durch ungestümen Flügelschlag dafür sorgte, dicke, graue Staubschichten vom nahe gelegenen Stahlwerk ins Zimmer zu fächeln.

Die Werkssiedlung bildet sich aus einigen geschlossenen Häuserarealen, jeweils in Atriumbauweise errichtet, deren Innenhöfe durch Torbögen von jeder Seite zugänglich sind.

Die Siedlung hatte ein Herr Schulz-Knaudt aus Essen erst im Jahre 1912 angelegt, weil er sein Essener Stahlwerk wegen der aufstrebenden Rüstungsindustrie und der damit verbundenen wachsenden Nachfrage nach Stahl in eine andere Stadt verlegen musste. Für seine Arbeiter, die „auffe Hütte" gingen, wurde gleichzeitig diese neue und vorbildliche Wohnanlage aus rotem Backstein auf noch unbebautem Felde errichtet. Es ist nicht bekannt, ob Herr Schulz-Knaudt bei der Namenswahl des neuentstandenen Vorortes von Humor oder von Zynismus getrieben worden war. Man hatte sich auf „Hüttenheim" geeinigt. Sehr einfallsreich und sinnig. Das Heim an der Stahlhütte. Die heimelige Stahlhütte. Das stählerne Heim. Die Stahlhütte, dein Heim.

All das ist dem Staub mehr als gleichgültig. Es hindert das graue Feinstgranulat von den mehrmals am Tag stattfindenden Hochöfenabstichen nicht daran, sich auf alles zu legen, was ihm zum Liegenbleiben gereichte. Fensterbänke werden zu Staub-Liegeplätzen umfunktioniert, auf denen die Spatzen oft so grau getarnt aussehen, dass man sich nur wundern kann, sie überhaupt noch irgendwie als fliegendes Personal identifizieren zu können.

Trautchen indessen ist nicht in Angst und Schrecken zu versetzen. Sie wäscht wichtige Sachen wie Tischdecken, Bettzeug in der Waschküche, eilt mit dem vollbepackten und tropfenden Weidenkorb nach oben in die Wohnung, stellt den Korb ab, rennt mit einem feuchten Bodenwischtuch bewaffnet, das übrigens nur „Feudel" genannt wird, wieder treppab, wischt die feuchten Spuren von den einst lackierten Holzbrettern der Stufen, wirft den Feudel in den zugehörigen Eimer, zieht die Mangel aus der Ecke und dreht die tropfnasse Wäsche so schnell als möglich durch die Walzen. Oft solange, bis die Gewebe sich zerfasernd aufgeben oder sich freiwillig schranktrocken melden und sich quasi selbständig zusammengefaltet ins eigens dafür vorgesehene Wäschefach verfrachten.

Was Schäng betrifft, so ist es ihm wichtig, den fliegenden Dreckspatzen Namen zu geben, ohne dabei einen Unterschied zu machen zwischen weiblichen und männlichen Vögeln. Dieser Mühe wollte er sich aus verständlichen Gründen nicht unterziehen. Er nennt sie Hans und Josef, in Erinnerung an seine im Krieg gefallenen Söhne, andere nennt er Tusnelda, Gerda oder Lisbeth. Er benennt die Sperlinge willkürlich und damit zeitsparend. Er ist allerdings davon überzeugt, dass die Spatzen ihre zugeordneten Namen kennen und auf entsprechend namentlichen Zuruf zu kommen pflegen, um ihre Rationen abzuholen.

Schäng achtet nicht darauf, ob die Vöglein ebenso willkürlich kommen, wie er sie willkürlich benannt hatte. Sie hatten bis dato auch keine weiteren Forderungen an ihn gerichtet. Sie nehmen die dargereichten Körner völlig willkürlich zur eigenen Nahrungsaufnahme auf. Das erfreut den Ornithologen am Fensterbrett.

Immer dann, wenn Schäng das Fenster öffnet, um die Insassen seines Vogelparadieses zu füttern, bleiben üblicherweise Hans, Josef, Tusnelda, Gerda und Lisbeth etwas seitlich versetzt auf der äußeren Umrandung des Fensterbrettes sitzen. Sie zeigen keine allzu große Scheu vor dem Futter streuenden Mann.

Nach der Speisung der fünftausend, in diesem Fall graugefiederter Flugobjekte, sitzt Schäng auf dem durchgesessenen „Schäselong" in der Wohnküche, direkt neben dem alten Volksempfänger, der – leider, leider - noch kein von ihm so sehr gewünschter Loewe-Opta ist. Bis gerade eben hat seine bereits gestopfte Pfeife mit den zerbröselten Enden der zuvor gerauchten Handelsgoldzigarren gelegen. Quasi die Cohiba der Nachkriegszeit. Die dicken Zigarren, das Stück für dreißig Pfennige. Übersetzt ins Rheinische waren das „drissisch Penninge". In dieser Zahlenangabe liegt bereits alles von dem, was Traut davon hält: Driss, Mist. Das Wort Scheiße kam nie über ihre Lippen. Dieses Wort sei ein Wort des Fluches. Und der Herrgott mag das Fluchen nicht. Sie glaubte daran, obgleich sie nie mit Herrn Gott persönlich darüber gesprochen hatte.

Schängs Zigarren kosten also drei Groschen. Ein Vermögen. Relativ betrachtet. Handelsgold-Zigarillos für einen Groschen pro Stück kommen für ihn dennoch nicht in Frage. Billigware halt. Allein schon deshalb war nichts wegzuwerfen, was noch halbwegs hätte gebraucht oder geraucht werden können. So war es auch mit den von Teer vollgesaugten Zigarrenenden, die Johann in einer alten, hölzernen Handelsgold-

Zigarrenschachtel zerbröselte und bis zum zweiten Verbrauch in seiner Pfeife aufbewahrte. Für ihn gab es immer ein zweites Mal.

Nach getaner Arbeit am Gefieder hat er seinen rechten Arm, wie üblich in solchen Situationen der Entspannung, hinter seinem Kopf verschränkt. Die linke Hand führt immer wieder gemächlich die innenseitig teerverklebte Pfeife unter seine knollige Nase, unter der er seinen Mund vermutet. Die Treffer geben seiner Vermutung Recht.

Vor dem Volksempfänger steht – auch wie immer - seine Kaffeetasse mit dem oft übersüßten und vor allem kalten Kaffee ohne Milch, der ja im eigentlichen Sinne gar kein Kaffee war. Hatte Schäng schon mal den Muckefuck etwas mehr als üblich übersüßt, neutralisierte er diese Süße übrigens gerne einmal mit einem Pinchen Schnaps, was nebenbei auch wiederum für eine durchaus gewünschte Geschmacksveränderung sorgt.

„Eine nur leichte Geschmacksveränderung", wie er spitzbübisch schmunzelnd zugab.

Ein nicht ganz ungefährliches Gebräu, was dauerhaftes Stehvermögen anbetrifft und unter keinen Umständen in die Hände kleiner Kinder fallen durfte. Die es zum Glück ja noch gar nicht gab. Um das klarzustellen: Schäng neigte nicht dazu, ein Alkoholiker zu sein oder zu werden. Dazu reichten die ansonsten üblichen zwei Bierchen am Sonntag nach dem Kirchgang nicht wirklich aus. Die beiden ältesten Söhne Josef, Jahrgang 1916 und Hans, Jahrgang 1918, kamen als Alkoholiker auch nicht mehr in Frage. Sie fielen dem Krieg im Vormarsch auf Russland zum Opfer. Jetzt hängen sie, jugendlich jung, in grüner Uniform und mit der obligatorischen Schirmmütze der Wehrmacht auf dem Kopf versehen, als Ölgemälde über der Adler-Nähmaschine in der Wohnküche.

„Finche, treck ens dä schöne Fummel an, dä ruude, du weißet."

Während Finchen im Wohnzimmer artig ihr rotes Kleidchen anzieht, wartet Trautchen auf Godot und Schäng entspannt auf den Besuch.

Zucker auf dem Fensterbrett

Was den Kindersegen anbetrifft, wird der Besuch des Julius Kallenbach mehrfach ein voller Erfolg werden. Zuerst trifft es Bruno, der noch gar nicht wissen kann, dass er einmal so heißen wird. Nach wenigen Wochen des Kennenlernens seiner Eltern schwamm er bereits als Embryo, einem Tiefseetaucher am Versorgungsschlauche gleich, in Finchens Fruchtwasser herum. Alles gut. Schäng wird später behaupten, er habe Zucker auf die Fensterbank gestreut, damit der ‚Klapperstorch' ein Kindlein bringen möge.

„Et künnt och dä Herrjott jewese sin", wird er grinsend anfügen.

Die Eltern hatten vor fünf Monaten geheiratet und bewohnten nun das ehemalige Wohnzimmer von Trautchen und Schäng. Eng war's – und gewöhnungsbedürftig. Aber warum sollte es den Menschen außerhalb einer Schwimmblase besser gehen als dem zusehens gedeihenden kleinen Körper in der Dunkelheit weicher Rundlichkeit?

Selbst Julius Kallenbach, der gerne den Coolen gab, ist die Aufregung anzusehen. Während Finchen immer lauter schreit und stöhnt, rennt er wie ein Tiger im Käfig von der einen zur anderen Ecke des Zimmers.

Trautchen muss eingreifen. Vier Kinder hatte sie geboren. Erfahrung pur.

„Hol ens dat Hebamm", sagt sie zu Julius gewendet und versucht, all ihre Ruhe und Abgeklärtheit auf den jungen Mann zu übertragen. Der Blick auf ihn reicht ihr zur Feststellung, dass die Übertragung von erlebter Abgeklärtheit auf die Unerfahrenheit des Julius Kallenbach nicht funktioniert – nicht funktionieren kann.

Die Anweisung selbst kommt dem angehenden Vater allerdings sehr recht. Julius wirft sich schleunigst eine Jacke über und stolpert die drei Etagen hinunter in den staubigen Hof. Ab aufs Fahrrad. Bloß weg hier.

Schäng ist hingegen ruhig. Quasi die Ruhe selbst. Der Herrgott hat's immer gerichtet. Er hat Trautchen in tiefster Dunkelheit vier Kinder gemacht, die er nach Ausreifung, Geburt, Poppoklatsch und von Käse- schmiere befreit bei Helligkeit betrachten, ja sogar im Arm halten durfte.

Gerade will er sich auf seinem angestammten Platz eine Pfeife anstecken, als sein geliebtes Trautchen aus dem ehemaligen Wohnzimmer kommt.

„Bisse beklopp? – Doch jetz kin Pief", rügt sie ihren Mann. Der grinst, wie er immer grinst, wenn sie ihn in solch freundlichem Ton zurechtweist. Was sie auch nur dann tut, wenn es sich um eine solche Situation wie der jetzigen handelt.

Schäng zuckt die Achseln, legt seinen Glatzkopf ein wenig schief und sieht seine Frau an.

„Dat bissje Tabak", erwidert er, „da wird dat Panz später mit anderem Dreck volljemaat."

„Dat kömmt noch früh jenooch. - Mach ens dat Was- ser heiß un inne Schüssel. Handtuch. – Sauber – Im Schrank …

„Ich weiß et", sagt Schäng und macht sich an die Arbeit.

Kaum hat er die wassergefüllte Schüssel durch den Türspalt gereicht, hört er seine Tochter aufschreien, als werde sie gerade massakriert. Schäng bleibt ruhig. Er kennt' s ja. Bei der Geburt seiner Kinder war er ja auch dabei. Im Nebenzimmer. Weil der Herrgott nur das Beiwohnen zugelassen hat, nicht aber die Betrachtung des Ergebnisses auf dem Weg durch Geburtskanal und Muttermund. Musste ja auch nicht sein. Dafür sind angehende Väter zu sensibel. Der Herrgott wird sich wohl etwas dabei gedacht haben.

„Et isse ne Jung!"

Trautchen hatte die Tür einen Spalt geöffnet und das Ergebnis mitgeteilt.

„Et hat jeflutscht wie bei misch", ergänzt sie. „Du bis jetzt ‚ne Oppa!"

Schäng hat Tränen in den Augen. Schäng wird auch der erste Mann in Klein-Brunos Leben sein, der ihn auf dem Arm halten darf. Das verbindet auf alle Ewigkeit.

„Amen", hört er Trautchens demütige Stimme.

Julius und die Hebamme betreten die Bühne.

„Et hät noch immer jut jejange", sagt Trautchen zur Begrüßung und zeigt auf den neuen Erdenbürger in Schängs Arm. Julius Blick folgt aus sicherer Distanz dem hinweisenden Finger seiner Schwiegermutter. Das muss reichen. Ist das die zu erwartende Freude eines frischgebackenen Vaters? Sein Gesicht wirkt starr, so, wie Gesichter wirken, wenn sie vom Tod naher Menschen erfahren.

Ein guter Start ins Leben und in den Staub der Stahlwerke. Heißa!

Schäng will Julius den noch frischen Erdenbürger reichen, weil er den Gesichtsausdruck des jungen Vaters als etwas wie Eifersucht interpretiert.

Julius wehrt ab.

„Ich weiß, dass ich der leibhaftige Vater bin."

Das Wort leiblich scheint Julius wohl ein wenig zu lieblich. Das könnte auch Schäng glauben, der den leiblichen Vater verdutzt anschaut. Sein Gesichtsausdruck wirkt, als habe der Herrgott gerade bei ihm angeklingelt und gefragt, ob er ihm helfen solle, den Teufel auszutreiben.

Schäng schüttelt fast unmerklich den Kopf und brummelt vor sich hin:

„Ach, so harmlos kannet Levve anfange – wusst ich jarnich."

Bruno hat derweil die Augen geschlossen und stinkt ein wenig vor sich hin. Er beginnt sein Leben außerhalb einer dunklen Blase. Und jetzt ist erst einmal kacken angesagt, dann wickeln, dann saugen, dann wieder kacken.

Die Schnapsdrossel

Die Pfeife des Opas liegt mittig platziert vor dem Radio. Wie immer, wenn sie gerade nicht gebraucht wird. Im sechseckigen Teerschmelztiegelkopf widmen sich die aufgeschichteten Reste des Teers in aller Ruhe dem Abkühlen. Neben der Pfeife steht die Tasse mit dem oft übersüßten, und vor allem kalten Kaffee, der im eigentlichen Sinne gar kein Kaffee ist, sondern „Muckefuck".

„Dä schmeckt jo wie kaal Fööß." Diesen Ausdruck kennen wir bereits.

Heute sitzt nämlich der gerade einmal fünfjährige Enkelsohn Bruno ganz stiekum auf dem Stuhl neben dem Volksempfänger, der immer noch nicht ein Löwe-Opta ist, wie ihn sich der Opa seit gefühltem Menschengedenken wünscht. Der kleine Bruno scheint kein Wässerchen trüben zu wollen. Die krächzenden Stimmen aus dem Radio wirken ein wenig breiiger als sonst, obwohl Bruno eh nie verstanden hat, was da Gesprochenes aus dem Äther kommt. Die Worte prallen an Hämmerchen und Ambösschen in seinen Öhrchen ab. Nur im Augenblick strömen sie halt noch ein wenig breiiger zurück, breiten sich in der Wohnküche aus und scheinen die Spatzen, draußen, auf dem Fensterbrett hinter den dünnen Fensterscheiben, verscheuchen zu wollen.

So sitzt er nun gefühlt seit einigen Tagen, Stunden, Minuten oder Sekunden auf dem Stuhl.

Woher hätte er auch wissen sollen, wie lange? Er lebt in einer timexlosen Zeit.

Die vier im Krieg gefallenen Onkel, die ihm gegenüber aus braunen Bilderrahmen leicht gequält lächelnd zugeschaut hatten, haben das Lächeln verloren. So, als hätten sie etwas Verbotenes gesehen. Bruno senkt den Blick, um den aufdringlichen Blicken der aufgehängten Onkel zu entgehen. Bruno macht sich unsichtbar, indem er wegschaut. Nicht, dass diese Methode bei ihm einreißt, und er in seinem späteren Leben weiterhin daran glaubt, Wegschauen mache unsichtbar.

Der Opa kommt schwer beladen und keuchend aus dem Keller, stellt die Kohlenschippe mit den Eierkohlen ab und beginnt, die unter den Arm geklemmten, in Zeitungspapier eingewickelten Briketts neben dem Ofen zu stapeln.

„Damit et nit su staubt", schnaubt er vor sich hin. Einige Briketts wandern in die entkräftete Glut und werden mit dem Schürhaken ein wenig zurechtgerückt. Der Ofen verleiht darob seiner Freude mit Knistern und Knallen Ausdruck. Der Walzwerker braucht Wärme. Sollte die Zimmertemperatur unter die 27-Grad-Marke fallen, friert Schäng wie ein Schneider. Und das zu jeder Jahreszeit.

Die Oma kommt aus der Küche, sieht auf des Opas schwere Arbeit, hört das wohlige Knistern und Knacken des Ofens und wendet ihren Kontrollblick dem kleinen Bruno zu. Sie schwitzt.

„Wat iss mit demm Jung?" ruft sie und eilt auf den Jungen zu, der sich gerade in eine gefährliche Sitzposition bringt. Der Oberkörper neigt sich, zwar noch nicht dem Ende, aber verdächtig nah dem Fußboden entgegen. Sein Blick ist ein wenig mehr ins Milchige abgedriftet.

„Demm Jung iss et schlääch", ruft Trautchen und greift gerade noch rechtzeitig die Schulter des plötzlich schwererkrankten Kindes.

„Wat iss mit demm Jung? - Wat iss mit demm Jung?"

Der kohlenstaubverschmierte Opa tritt hinter die Oma, schaut sich den aus milchglasigen Augen schauenden Buben an und grinst der zu ihm aufschauenden Oma in deren verzweifeltes Gesicht, ohne ein Wort zu sagen.

Die Oma ist mächtig sauer auf ihn. Sie ist aufgebracht, weil er zur falschen Zeit am falschen Ort grinst und schweigt.

„Wat jiddet da ze jrinse?"

Was es da zu lachen gibt?

„Dä Lorbass is besoope", sagt der Opa lachend.

Der Lümmel ist besoffen.

„Du mit dingem verdammte Schnaps in demm Muckefuck", sagt die Oma vorwurfsvoll und fügt mit einem Seufzer der Erleichterung an:

„Jottseidank isset nix Schlimmes."

Zwei der vier Onkel drücken gerade je ein Auge zu und lächeln wieder gequält.

Andere haben andere Sorgen

Andere haben ganz andere Sorgen. In den Jahren 1948/1949 liegen Verzicht und Verlust auch in der Filmbranche nahe beieinander. Der Filmschauspieler und Chansonnier, Maurice Chevalier, will Film und Bühne endgültig Lebewohl sagen. Dagegen schwebt die 19-jährige englische Filmschauspielerin Jean Simmons im Glück. Sie wird auf der Biennale in Venedig mit dem Titel der besten Schauspielerin des Jahres für ihre Filmrolle der ‚Ophelia‘ im gleichnamigen Film des Regisseurs Laurence Olivier ausgezeichnet. Dafür geht Orson Welles der rote Faden ab und bei der Preisverteilung leer aus. Immerhin erregt sein revolutionärer Macbeth-Film einiges Aufsehen. Es steht zu vermuten, dass der Film für einige Menschen allzu revolutionär daher kam.

Andere kümmern sich um Geld und Wirtschaft im Aufbau einer neu zu übenden Republik. Für jede alliierte Währungs- und Wirtschaftskontrolle Berlins verlangt „der Russe“, gerne auch „der Iwan“ genannt, das Vetorecht. Westliche Diplomaten bestehen dagegen auf Beschlussfassungen mit einfacher Mehrheit.

Der 73-jährige Konrad Adenauer wird erster Bundeskanzler. Das alterszerfurchte Gesicht des „Alten“, wie er wenig originell betitelt wird, wirkt wie das eines alten Indianers. Es gibt nicht wenige der neuen Bundesbürger, die ihn als „Lederstrumpf“[3] bezeichnen. Adenauers Regierungszeit wird bis 1963 andauern und bei einem nicht unerheblichen Teil der deutschen Einwohner nicht nur gefühlte Grautöne hinterlassen.

Amerikanische Humanität

Ab Mitte der 1960er Jahre hat Bruno Kallenbach an vielen Demonstrationen gegen den Vietnamkrieg teilgenommen. Er hat Bilder schrecklich verstümmelter Menschen gesehen. Er hat Fotos flüchtender Kinder vor den im Hintergrund abgeworfenen Napalmbomben gesehen. Er hat Filmsequenzen mordender, marodierender Amerikaner gesehen, die ganze Dörfer exekutierten. Weite Teile des Landes haben sie mit ihren Napalmbomben verbrannt. Wenn Bruno solche Bilder, Filme sah, darüber Nachrichten hörte, knirschte er vor ohnmächtiger Wut mit den Zähnen.

„Scheiß Amis!"

Es ist das erste Mal in Brunos Leben, dass sein Vater mit ihm einer Meinung zu sein schien.

„Scheiß Amis!"

Julius Kallenbach, der nie über seine eigenen Kriegserlebnisse auch nur irgendetwas erzählt hat, erinnert sich an einen Artikel über eine amerikanische Ölgesellschaft, „die behauptet hat, humanitäre Hilfe geleistet zu haben. Irgendetwas mit abgehackten Armen, Armstümpfe in Öl getaucht. Oder so."

Und er fügt noch an: „Ich glaube, im SPIEGEL. - Hat mir mal 'n Kollege gezeigt."

Bruno weiß, dass der Vater niemals auch nur ansatzweise „dieses linke Schmierenblatt", wie er es nannte, angefasst, geschweige denn, es gekauft hätte. Aber er erinnert sich noch heute an des Vaters Gesichtsausdruck: Er wirkte angewidert. Das kannte er bereits von anderen, scheinbar harmloseren Gelegenheiten.

Es ist das erste Mal, dass Bruno eine Regung seines Vaters zum Thema Krieg wahrnehmen kann. So dachte er. In Wahrheit steckt hinter seinem Hinweis ein großer Hass auf ‚den Ami' im Allgemeinen. Würde er noch leben, denkt Bruno manchmal, würde er sich wohl an den Kopf geschlagen haben, wenn er gehört hätte, dass der amerikanische Präsident Trump das Land Belgien als eine „schöne Stadt" bezeichnet hat. Könnte es sein, dass sein Vater sich zeit seines Lebens gefragt hätte, wieso die Amerikaner überhaupt die Normandie gefunden haben?

Bruno wird es nicht mehr ergründen können.

Damals wusste er weder dies noch das. Stattdessen recherchierte er und ist fündig geworden.

Bereits in einem Artikel vom 15. März 1947 berichtete der SPIEGEL tatsächlich über das Thema Zerstückelung diebischer Zeitgenossen.

„In Basa wird amputiert – im Schnittpunkt: Das Oel." So die Überschrift.

Mehr als ein Jahr später, im September 1948, war dieser humanitäre Akt der amerikanischen Ölkompanie nur noch ein Hinweis auf der Seite 13 des SPIEGEL Nr. 37 wert. Im noch heute so genannten ‚Hohlspiegel' fand Bruno also folgenden Hinweis darüber, dass die American Oil Company Saudi-Arabiens korangetreue Strafbestimmungen humanisiert.

Jene, so heißt es in der Randnotiz, die sich des Mordes oder des Diebstahls schuldig gemacht hatten, mussten, „je nach der Schwere des Vergehens", unbedingt mit dem Verlust eines Beines, einer Hand, oder gar mit dem Verlust eines Armes rechnen." Einer uralten Vorgabe des Korans zufolge, wurden die Amputationswunden der Delinquenten mittels eines zuvor tätig gewordenen Henkers in kochendes Öl oder zerlassene Kamelbutter getaucht.

„Die Methode soll zwar schmerzhaft, aber heilsam sein." So steht's im Text.

Zur Humanisierung dieser Justizmethode hat die in Saudi-Arabien ansässige und die dortigen Ölvorkommen ausbeutende amerikanische Company mit dem, ebenfalls dort ansässigen, Emir ein Abkommen getroffen:

„Die Amputation selbst bleibt als Strafe bestehen."

Die Amerikaner legten allerdings großen Wert auf Hygiene.

„Die Ölgesellschaft [...] stellt ihr modern eingerichtetes Hospital zur Verfügung. Den Henker jedoch nicht."

Dafür muss der Henker mit sterilisierten, von amerikanischen Ärzten kontrollierten Instrumenten anrücken, dem Delinquenten von eben diesen Ärzten eine lokale Betäubung verabreichen lassen und die Anwesenheit amerikanischer Ärzte bei der anschließend folgenden Operation zulassen.

„Das bisher geübte Abbinden des strafweise zu entfernenden Gliedes erschien den Amerikanern nicht human genug."

Aus diesem Grund bleibt der Bestrafte nach vollendeter Amputation durch den Henker anschließend bis zu seiner vollständigen Heilung im Spital und wird, wie jeder andere Patient, dortselbst gepflegt. Außerdem habe der Patient im Falle einer Amnestie den Anspruch auf eine Prothese.

Ein echter Fortschritt. Im Schnittpunkt: Das Öl. Für Bruno hätte es richtigerweise heißen müssen: Auf der

Schnittfläche: Das Öl. Ganz abgesehen davon, dass ihm bis zum Zeitpunkt seiner Recherche nicht zu Ohren gekommen war, wie viele der Patienten amnestiert worden sind und ob sie ihren Anspruch auf eine Prothese haben geltend machen können. Nicht bekannt ist auch, wer das hätte bezahlen sollen.

Ungeachtet dessen steht jedoch zu vermuten, dass die Humanaktion des amerikanischen Ölkonzerns nicht den Grund für die Freude bei Musikliebhabern getrübt hat. Denn bereits am 21. Juni 1948 waren die ersten Schallplatten aus Polyvinylchlorid (PVC) auf den Markt gekommen und lösten im Verlaufe der nachfolgenden Jahre die bis dahin üblichen Schellackplatten ab. Um allerdings bei beiden dieser Scheiben dem Plattenspieler beim Abspielen zu helfen, die in eine Rille gepresste Musik zur Ausführung gereichen zu lassen, benötigte der Auflegende möglichst zwei voll funktionsfähige Hände. Es wäre somit jedem Plattenliebhaber anzuraten gewesen, sich über den allgemeinen Gang der Geschichte zu informieren und möglichst auch diese Neuheiten um keinen Preis zu stehlen.

Wer hätte schon wissen können, wie weit der neuangewandte medizinische Humanismus der Amerikaner möglicherweise bis an stehlende Hände in Europa heranreichen würde?

Gegen das Schnarchen

Auch diese Bemerkung fand Bruno im ,Hohlspiegel' der gleichen SPIEGEL - Ausgabe:

Der englische Arzt Dr. S. A. Leader aus Dover hatte ein Heilmittel gegen das Schnarchen entdeckt. Diese Botschaft allein war schon sensationell. Die Erklärung erst recht.

„Man klebe abends", so der Weise aus Dover, „die Zähne mit einer unschädlichen, stark anhaftenden Paste zusammen, so daß [sic] der Kiefer im Laufe der Nacht nicht aufgehen kann."

Und weiter: „Die Methode soll auch gegen nächtliches Sprechen unfehlbar helfen. Bedingung sei allerdings ein natürliches Gebiss."

Leider fehlt bis heute eine aussagekräftige Statistik darüber, wie viele natürliche Gebissträger sich dieser Methode anvertraut haben. Insofern muss sehr stark davon ausgegangen werden, dass es ebenso keine Statistik darüber gibt, wie viele verklebte Menschen sprachlos in den Tod gegangen sein könnten.

Die dritten Beißerchen

Gab es das überhaupt bei den Menschen noch, ein natürliches Gebiss, so kurz nach dem Krieg? Brunos Oma zum Beispiel hatte keines mehr, sein Opa nicht, sein Onkel Heinz-Herbert nicht. Aus heutiger Sicht könnte möglicherweise behauptet werden, dass Brunos erlebtes Ergebnis einer empirischen Feldstudie sehr nahekommt. Da seine älteren Verwandten all jene Menschen waren, die er kannte, mussten zwangsläufig alle Menschen auf der Welt, im Lande, in der Stadt, mindestens aber im Dorf, Zahnprothesen tragen. Das erklärte ihm auch, warum seine Oma, sein Opa, sein Onkel geschnarcht haben, als wollten sie Tropenwälder roden, von denen sie damals noch nicht einmal gehört zu haben schienen. Für sie war Kolumbus noch gar nicht geboren. Allerdings fand Klein-Bruno es ekelhaft, wenn der Onkel, vor allem unter Alkoholeinfluss, unter dem er ausschließlich stand, am Mittagstisch gerne mal seine Prothese aus seinem Mund mit den restlichen braunen Zähnen schob und in die Suppe plumpsen ließ.

Ekelhaft, dieses Metallgestell, an dem die Zähne hingen und von gebogenen Metallhaken zusammengehalten wurden, die wiederum aussahen wie die Fühler verschiedener Insekten. Wenn es noch nicht ekelig genug war, nahm der Onkel Ober- und Unterteil seiner Prothesen heraus, legte sie in seiner Hand übereinander und ließ seine Zähne klappernd sprechen. Wie ein Puppenspieler sah er dann aus. Im Augenblick des Auftreffens solcherart plumpsender Objekte, sprangen irritierte Teilinhalte der jeweiligen Suppe mit Unterstützung der sie bis dahin umgebenden Flüssigkeit in alle Richtungen und sortierten sich, oft weit entfernt voneinander, um den Teller herum oder auf dem Linoleumboden. Erbsen aus der Erbsensuppe, Linsen aus der Linsensuppe, Kartoffelstückchen aus der Kartoffelsuppe, Kleinteile aus dem Leipziger Allerlei.

Wäre Bruno selbst Erbse, Bohne oder Linse gewesen, hätte auch er schleunigst das Weite gesucht. Da er es nicht war, musste er mit dem Gedanken daran vorliebnehmen.

Ekelhaft, es stimmt. Auch bei der Oma konnte das durchaus mal passieren, allerdings nur dann, wenn sie sich Essensreste aus dem Gebiss puhlen wollte und sich die, meist die obere zusammenhängende Zahnreihe, auf roter Gaumenplatte montiert, komplett in den leeren Teller verirrte, dem sie ein leises Pling entlockte und der Oma ein erschrecktes „Huch!"

Und am Abend, wenn es zu Bett ging, wurden die Zähne ins mit Wasser gefüllte Glas verbannt und mit Kukident verpulvert.

Das Sprudelzeug gab's tatsächlich schon. Die Firma Reimann wurde 1900 gegründet, war in der Nazizeit ein führertreuer Betrieb, der Zwangsarbeiter und – arbeiterinnen beschäftigte und missbrauchte.

1937 brachten die Reimanns dieses Reinigungspulver auf den Markt, dessen Name bald ein ähnliches Synonym für die Reinigung von dritten, vierten, fünften Zähnen haben sollte wie „Tempo" für alle Arten von Papiertaschentüchern.

Mit „Wer es kennt, nimmt Kukident" wurden diese Sprudeltabletten allerdings erst seit 1962 beworben.

Die katholische Oma war zwar gegen Krieg und Nazis, hatte allerdings keinerlei Ahnung von der Herstellerfirma dieses Zeugs, dem sie ihre „Rausnehmbaren" nächtens anvertraute. Ganz davon abgesehen, dass Kolumbus noch gar nicht lebte.

Persil und der Klimawandel

Die Erfindung dieses Mittels ist seit 1907 bekannt. Allerdings durfte die Erfinderfirma Henkel diesen Waschmittelnamen als Marke erst 1917 eintragen lassen. Kein ernsthaft zu nennendes Wunder, weil die Franzosen der festen Überzeugung waren, mit Petersilie kann man gar nicht waschen. Wie das?

„Ab und an sollte man den Franzosen auch einmal unterstellen, sie könnten nachdenken und hier und da recht haben", hatte Johann, den alle nur Schäng nannten, mit einem breiten Grinsen kundgetan. Julius Kallenbach hatte ihm widersprochen:

„Aber wahrscheinlicher ist doch, dass es wieder ein Deutscher war, der es den Franzmännern beigebracht hat, einer, der mit uns in Frankreich war, damals."

"Damals, im Krieg, wahrscheinlich 14/18", höhnt Schäng und schüttelt den Kopf.

"Warum nicht? Ist doch egal, in welchem Krieg. Ich glaube, dass erst ein Deutscher den Franzosen beigebracht hat, dass Petersilie auf Französisch Persil oder so ähnlich heißt. Hab' ich in der französischen Gefangenschaft gehört. Und die Franzosen haben dann irgendwann bemerkt: Stimmt - genau, mit Petersilie kann man ja überhaupt nicht waschen."

Lassen wir sie weiter streiten.

Am Ende der vierziger Jahre hatte Henkel die Idee, die Werbung für ihr Produkt zu revolutionieren und eine Vorahnung davon bekommen, dass Werbung verführen und zu falschen Schlüssen führen kann. Also in Henkels Sinne.

Die Idee vom aufkommenden Klimawandel ungewollt inbegriffen.

Am Nordpol, so der Tenor der Waschmittelwerbung, lebten zufällig Eisbären, Füchse und Pinguine. Alle waren sie solange weiß, bis die Sonne das Eis zu schmelzen begann und die armen weißen Tierchen nacheinander in braune Pfützen fielen. Nun kam – wie hätte es anders sein können? – die Rettung in der Form eines Zufalls. Ein vorbeifahrender Matrose auf einem kaum nordpolgeeigneten Schiff, hatte – ein weiterer Zufall - eine Packung Persil in seinem Seesack.

Das traf sich gut. Durch die Anhäufung dieser vielen Zufälle konnten alle Tiere wieder weißgewaschen werden.

Bei genauerer Betrachtung hatte die Anhäufung dieser Zufälle leider auch seine Begrenzung. Und die traf ausgerechnet die Pinguine. Das Wunderpulver hatte nicht mehr für alle ausgereicht. Und so bekamen die verdreckten Pinguine wenigstens noch eine 'weiße Weste' zum schwarzen, zum verdreckt-braunen Frack.

Da hatten die Pinguine aber noch mal Glück gehabt, könnte man meinen. Zumindest dachten einige Nazischergen nach dem Krieg daran, sich reinwaschen zu lassen, und beriefen sich auf ihre eigentlich doch so „weißen Westen". Einer behauptete gar, er sei ein Pinguin, was allerdings einer erneuten Rasseuntersuchung zum Opfer fiel. Der Mensch hatte gelogen oder in seiner schlichten Denkweise angenommen, alle deutschen Menschen seien von nun Pinguine. Was aber blieb, war das doppeldeutig bewertete, aber vor aller Gerichtsbarkeit gültige neue Scheinsystem. Der Persilschein konnte von nun an jede schwarzbraune Weste kurzerhand weiß erscheinen lassen.

Mit dem Werbespruch „Persil bleibt Persil" hatte sich die Firma Henkel durch die Nazizeit manövriert und bis heute dafür gesorgt, dass Persil bleibt, wo immer es ist.

Vom Schmutze befreit sind Hirn und Wäsche.

„Persil".

Zum Teufel mit der Sünderin

Der kollektive Aufschrei einer vom Krieg gezeichneten Nation, die immer noch in den Trümmern zerbombter Städte lebte, die bis dahin gerade einmal zwei und dazu magere Jahre Demokratie hatte üben können und sich 1951, wie aus heiter-grauem Himmel, mit der „Sünderin" Hildegard („Hildchen") Knef (1925 - 2002) konfrontiert sah. Dieser Aufschrei erschien förmlich als ein kollektives Muss. Der Film von Willi Forst wurde zunächst von der „Freiwilligen Selbstkontrolle der Filmwirtschaft (FSK)" verboten. Prostitution, Selbstmord und „Tötung auf Verlangen" waren mit den damals ach-so-ethischen Grundsätzen im Allgemeinen und denen der katholischen Kirche grundsätzlich unvereinbar. Kein Wunder, spielte Hildchen Knef doch eine Prostituierte, die sich in diesem Film ihrem malenden Freund nackt zeigt. Einerseits ungeheuerlich, andererseits regte diese Szene Männerfantasien an. Gleichermaßen in sexueller als auch in prüder kirchlicher und konservativer Hinsicht. Heimlich onanierende Saubermänner echauffierten sich öffentlich. Einige wenige der fortschrittlich Denkenden glaubten, dass sich eine solche Doppelmoral eines fernen Tages ändern wird. Dieser ferne Tag wird aus resignativem Grund nicht näher bezeichnet. Es bleibt offen, ob dieser Tag schon morgen sein könnte oder erst in tausend Jahren.

Wie kurz tausend Jahre allerdings sein können …

Für den Kölner Erzbischof Kardinal Joseph Frings spielte Zukunft keine Rolle. Er verfasste einen Hirtenbrief, in dem er den Film scharf verurteilte. Wie auf Kommando flogen nun Stinkbomben in die Kinos.

Durch Priesterhände richtungsweisend in die ballistischen Kurven gebracht. Zielsicher. Zielgesichert.

Und die Flugblätter, verteilt von Politikern, die sich in der noch neuen und ungewohnten Demokratie offenbar noch nicht gar so sattelfest zu wähnen schienen:

„Die Sünderin - Ein Faustschlag ins Gesicht jeder anständigen deutschen Frau! Hurerei und Selbstmord! Sollen das die Ideale eines Volkes sein?"

In die kollektive Erinnerung brannte sich dennoch vor allem die schöne Brust der Knef ein. Für kaum mehr als ein oder zwei Sekunden war die linke kleine Brust in den tiefsten Tiefen der Filmdekoration zu sehen. Dazu noch verschwommen, also kaum mehr als eine Andeutung von Nacktheit. Es reichte aus, um die Fantasie von Männern so dermaßen anzuheizen, dass sie ihre sexistischen Vorstellungen hinter scheinheiligen Moralvorstellungen zu verstecken trachteten. Ein altbekanntes Ritual. Nicht ermittelt werden konnte allerdings die Anzahl der Pin-ups mit der verschwommen-nackten Obszönität der Knef. Immerhin konnte Hildchen allemal als begehrenswerte Frau, blond und blauäugig wie sie war, jede Männerfantasie anregen. Inoffizielle zeltbauende Konservative in ihren (oder anderen) Betten, haben offiziell Flugblätter verteilen lassen, in denen der „Faustschlag ins Gesicht" einer deutschen Frau gebrandmarkt wird.

Und es wurde die heilige „Moral" der damaligen Zeit mit der Scheinheiligkeit von Priestern und Politikern noch einmal deutlich herausgequält mit der Frage, ob Hurerei und Selbstmord die neuen Ideale eines Volkes sein sollen. Was soll man rufen?

Es leben die Männer und ihre Moral?

Ratschläge für eine gute Ehefrau

Bruno wird die Zeit der 1950er Jahre in seinem späteren Leben als grau, als staubgrau in Erinnerung behalten. Politisch wie gesellschaftspolitisch. Vor allem, was das Leben in der Familie angeht. Er wird recherchieren und feststellen, wie Leben gestaltet worden ist, und was es mit ihm so gemacht haben wird.

Ach, so schmutzig wird es ihm vorkommen.

Er erlebt eine Zeit, in der Ehemänner als die „Hausherren" und die Mütter gerne als „die gute Seele des Hauses" bezeichnet werden. Damit eine solche Einteilung auch gut funktionieren kann, gibt es zu Hauf Ratschläge für die gute Ehefrau. Gerne auch als Handbuch erhältlich. Für Männer gibt es Tipps, wie eine Zündkerze zu wechseln ist. Die Rollenverteilung ist klar und eindeutig. Diskussionen sind damit schon im Keime erstickt, bevor sie überhaupt anfangen können, gesellschaftliche Krankheiten zu verbreiten. Das glauben die Männer und sonnen sich darin. Sie wissen nicht, dass nur wenige Jahre später diese Form der Traumtänzerei hinterfragt und in einer dauergeschleiften Diskussion bleiben wird.

Es ist nur eines von vielen Beispielen:

In der Ausgabe der britischen Zeitschrift „Housekeeping Monthly" vom 13. Mai 1955 wird in einem „düster-skurrilen Sittenbild" die „Partnerschaft in den 50er Jahren" zusammengefasst.

„Verwöhne IHN!

Halten Sie das Abendessen bereit. Planen Sie vorausschauend, evtl. schon am Vorabend, damit die köstliche Mahlzeit rechtzeitig fertig ist, wenn er nach

Hause kommt. So zeigen Sie ihm, dass Sie an ihn gedacht haben und dass Ihnen seine Bedürfnisse am Herzen liegen. Die meisten Männer sind hungrig, wenn sie heimkommen und die Aussicht auf eine warme Mahlzeit (besonders auf seine Leibspeise) gehört zu einem herzlichen Empfang, so wie man ihn braucht.

Machen Sie sich schick. Gönnen Sie sich 15 Minuten Pause, sodass Sie erfrischt sind, wenn er ankommt. Legen Sie Make-up nach, knüpfen Sie ein Band ins Haar, sodass Sie adrett aussehen. Er war ja schließlich mit einer Menge erschöpfter Leute zusammen.

Seien Sie fröhlich, machen Sie sich interessant für ihn! Er braucht vielleicht ein wenig Aufmunterung nach einem ermüdenden Tag und es gehört zu Ihren Pflichten, dafür zu sorgen.

Das traute Heim.

Räumen Sie auf. Machen Sie einen letzten Rundgang durch das Haus, kurz bevor Ihr Mann kommt.

Räumen Sie […] zusammen und säubern Sie mit einem Staubtuch die Tische.

Während der kälteren Monate sollten Sie für ihn ein Kaminfeuer zum Entspannen vorbereiten. Ihr Mann wird fühlen, dass er in seinem Zuhause eine Insel der Ruhe und Ordnung hat, was auch Sie beflügeln wird. Letztendlich wird es Sie unglaublich zufriedenstellen, für sein Wohlergehen zu sorgen.

Machen Sie die Kinder schick. […] Die Kinder sind ihre "kleinen Schätze" und so möchte er sie auch erleben. Vermeiden Sie jeden Lärm. Wenn er nach

Hause kommt, schalten Sie Spülmaschine, Trockner und Staubsauger aus. Ermahnen Sie die Kinder, leise zu sein.

Seien Sie glücklich, ihn zu sehen.

Begrüßen Sie ihn mit einem warmen Lächeln und zeigen Sie ihm, wie aufrichtig Sie sich wünschen, ihm eine Freude zu bereiten."

Und all dem folgt das, was als Motto eines jeden guten Handbuches für die Ehefrau der 1950er Jahre den Inhalt treffend wiedergibt:
„Opfere dich auf – ER ist der Chef!"

Eines der ganz, ganz wichtigen Ratschläge für Frauen, die sich einen Mann angeln wollen, lautet im Übrigen:
„Stelle Toupets her und verkaufe sie – Männer mit Glatze sind leichter zu haben."[4]

Loriot

Bruno erzählt eine absurde Geschichte, die ihm bei seinen Zuhörern allerhöchsten Respekt zollt.

„Wie - du kennst Loriot?"

Bruno lächelt süffisant, nickt und erzählt:

Loriot und ich haben einen gemeinsamen Auftritt für die nächste Theatersitzung geplant. Wir sitzen nebeneinander in einer Art Übungsraum und versuchen, Herrn Müller-Lüdenscheid (Loriot) und Herrn Dr. Klöbner (ich) zu spielen.

Loriot ist alt geworden, hat einen noch älteren, teilweise durchlöcherten grauen Mantel an, einen zerbeulten Hut auf dem Kopf, und er stützt sich (auch sitzend) auf einem Stock ab. Mit fast weißem Haar und ebenso spitzem weißen Bart, einer schwarzen Kassengestellbrille der AOK ausgestattet und ausgelatschten Schuhen an den Füßen, gleicht er eher einem Penner als einem Aristokraten.

Herr von Bülow brummelt etwas in seinen Bart, das ich nicht verstehe. Ständig unterbricht er unser beider Probe, will hier und dort Kleinigkeiten ergänzt oder geändert haben. An der Grundidee dieses Sketches ändert sich indes nichts Wesentliches. Die Ente soll weiterhin ins Wasser gelassen werden, wie sie es seit gefühlten Jahrhunderten gewohnt ist. Keine Sekunde früher. Keine Sekunde später.

Meine Klöbnersche Intonation gefällt ihm nicht. Am liebsten hätte er es wohl, dass ich die Figur verkörpere und er die Figur, also mich, zusätzlich sprechen lassen würde. Also beide Figuren sprechen, wie er es früher gemacht und im Grunde damit Zeitgeschichte gesprochen hat.

Ein kleiner, blonder Mann mit modischer Randlosbrille und bekleidet mit einem grauen Kittel (vielleicht auch ein leichter Mantel?) kommt auf uns zu. Der Hausmeister, denke ich.

„So geht das nicht!", sagt der Hausmeister mit strengem Unterton.

„Was geht nicht so?" fragt Loriot und sieht ihn mit gerunzelter Stirn an.

„Das mit eurem Stück. Ich will eine moderne, poppige Fassung und nicht einen solch altmodischen Stuss!"

„Welcher Gnom spricht da zu mir? Wer ist er, dass er es wagt mich anzusprechen? Gar eine Vogelscheuche?" Loriot hatte zu mir geschaut und Fragen gestellt, die ich nicht beantworten konnte.

Das konnte die hausmeisterliche Vogelscheuche allerdings auch nicht und gab stattdessen eine wichtige Erklärung ab.

„Ich bin hier der neue Regisseur dieses Theaters", faucht der hausmeisterliche Gnom zurück und nestelt an seiner randlosen Brille, die nun durch einige Fingerabdrücke zusätzlich undurchschaubarer werden sollte.

„Regisseur! Ach ja? Weiß er überhaupt, wie man das schreibt?" Loriots Blick fixiert das Männlein, das sich bis dato noch nie bei einer Probe in diesem Theater hat sehen lassen, geschweige denn, das wir wussten, wer diese Kreatur zum Regisseur gemacht hatte.

Ohne auf Loriots Frage einzugehen, herrscht uns der Winzling an: „Ihr macht, was ich sage, sonst fliegt ihr, basta!"

„Ich mag nicht gerne fliegen", erwidert Loriot, „mir ist es lieber, zu gehen!" Sprach's, steht auf und dackelt gekrümmten Hauptes von dannen.

„Komm' er, Rittersmann oder Knapp'" ruft er mir zu, „hier ist unseres Bleibens nicht länger!"

„Wohin gehen wir?" frage ich.

„Zu mir nach Hause! - Dinge zu Ende bringen, die eines Endes bedürfen."

Auf dem Weg zu seinem Haus kommen wir in einer ziemlich düsteren Gegend an einem Kiosk vorüber. Vor dem Kiosk stehen einige Männer, unrasiert, mit dicken Bäuchen, in abgerissenen Klamotten. Sie trinken Bier aus Flaschen und pöbeln uns an. Einer von ihnen quietscht mit einem gelben Badeentchen herum, dem er ein rotes Köpfchen verpasst hat. Leichte Angst steigt in mir hoch. Ich bin wachsam, versuche, jede Bewegung der Pöbler zu erfassen und sie in potenzielle Gefahr oder weniger potenzielle Gefahr einzuordnen.

Loriot bleibt angstfrei vor einem dieser Typen stehen. Der alte Mann ist aber um einiges mutiger als ich, denke ich. Er dreht sich zu mir um und fragt:

„Was pöbelt mich der Schmerbauch an, weiß er nicht, mit wem er es zu tun hat?"

„Oppa, geh` mir ausse Sonne", fordert der mit dem dicksten Schmerbauch den alten Loriot auf.

Als wolle er der Aufforderung Folge leisten, dreht sich Loriot um und steht nun mit dem Rücken vor dem Dicken. Gleichzeitig fliegt sein Stock unter seinem rechten Arm hervor und zielgenau nach hinten. Mitten hinein in den Schmerbauch. Es folgt ein Geräusch, als verlöre ein zuvor noch aufgeblasener Ballon die inhalierte Luft. „Uff!" Völlig perplex und vermutlich auch verursacht durch die entweichende Luft, entlädt sich der letzte Schluck Bier aus seinem Munde in Loriots Nacken. Loriot grinst. Ich habe Angst vor den jetzt eintretenden Konsequenzen.

Im gleichen Augenblick, in dem sich die versammelte Pöbelgemeinde anschickt, dem alten Loriot an die Wäsche zu gehen, kommt ein älteres Ehepaar vorüber und ruft erfreut:

„Herr Loriot, dass wir Sie einmal auf offener Straße sehen würden, hätten wir in unserem Alter nicht mehr für möglich gehalten!" Loriot lächelt verschmitzt.

„Loriot? - Das soll Loriot sein?"

Die noch soeben zum Pöbel bereite kleine Kiosk-Meute hält in gleichsam erstarrter Position inne.

„Ja!" sagt einer, „er ist es wirklich! Ich hätte ihn fast nicht erkannt!"

„Er sieht aus, wie einer von uns!" Ein unrasierter Kollege des Dicken hat Ähnlichkeiten erkannt.

Die erstarrte Position aller zuvor pöbelnder Herrschaften ändert sich in eine geradezu devote Haltung.

„Entschuldigen Sie, Herr Loriot!"

„Keine Ursache", erwidert dieser und zwinkert mir zu. Von freundlichem Applaus begleitet gehen wir weiter.

In seinem Haus angekommen bietet mir Loriot einen Platz an, auf einer ganz offensichtlich durch die Jahre ziemlich ramponierten Couch. Eine Frau, ich vermute seine Ehefrau, bin mir aber nicht sicher, wuselt in dem Raum herum, wischt ein wenig hier, wischt ein wenig dort.

Loriot hat seinen Mantel, seinen Stock, seinen Hut abgelegt. Nun, in einen braunen, speckigen Cordanzug gezwängt, wuselt auch er etwas rastlos durch den Raum.

„Wenn er etwas trinken möchte, nehme er sich's - irgendwo da hinten", sagt er zu mir, ohne mich dabei anzusehen. Seine Arme fuchteln nach hinten, um mir damit die ungefähre Richtung anzudeuten.

Ich habe kein Bedürfnis nach einem Trunk. Ich bevorzuge im Augenblick noch die Beobachtung dessen, was hier geschieht.

„Ich hasse Konventionen", höre ich ihn sagen.

„Schau'!" Er spuckt angewidert auf den, von was auch immer, zerfressenen, mit Flecken übersäten Teppich. Seine Frau oder Zugehfrau kommt mit einem Tuch und wischt seine Rotze weg.

„Schau'!", wiederholt er, „Ich hasse Konventionen!"

Er spuckt in einen Blumenkübel, und die Frau versucht, auch dies (irgendwie) zu bereinigen.

„Schau' sie Dir an, diese kleinen Regisseurpinscher. Ich will mich nicht dazu hinreißen lassen, sie Arschlöcher zu nennen. Ich nenne sie ‚kleine Pünktchen-Pünktchen-Pünktchen', wenn Du verstehst, was ich meine?"

Ich verstehe nicht. Gebe es aber zu.

Was ich nicht wirklich verstehe, ist, dass er mich dabei mit seinem verschmitzten Blick ansieht, sich dann abwendet und rastlos durch den Raum läuft, Bücher aus dem Regal nimmt und sie achtlos irgendwo im Raum fallen lässt.

„Es sind die geistigen Penner, die mich aufregen, nicht jene, die an irgendwelchen Kiosken herumstehen und Bier trinken, weil sie Pech im Leben hatten. Es sind die geistigen Penner, diese abgewrackten Typen, die sich künstlerisch intellektuell wähnen und nur Dünnschiss herausbringen, wenn man sie gewähren lässt."

Seinen Augen entgleitet für einen kurzen Augenblick der verschmitzte Blick. Sie wirken in diesem einen Moment trübe und dunkel. Sekundenbruchteile nur.

„Weißt Du", sagt er und sieht mich dabei nachdenklichen Blickes an, „es ist nicht das Penible an einer Sache, die jemand verfolgt – penibel bin ich selber -, es ist der kommerzielle Blick, der als künstlerischer Blick, gar als geniale Intuition verkauft wird. Es ist aber letztlich nur die Quantität, welche die Qualität übertüncht. Es ist der Schrott, der auf dem Glanz liegt und ihn matt aussehen lässt. Es ist die dunkle Tinte auf den Verträgen, statt des Herzblutes, das Ideen zum Leben erweckt."

Ich sehe mich nicken – und höre mich schweigen.

Der Raum ist in ein angenehmes, warmes Licht getaucht.

Nach einer Weile betulicher Ruhe und schweigendem Schweigen höre ich Loriots Stimme aus den Tiefen seines Sessels: „Ekelhaft!"

Auf dem Weg nach Hause denke ich über das „Ekelhaft" nach.

Hatte Loriot sein Spucken gemeint oder die veränderte Zeit?

„Ich stell' mir gerade vor", stellt Bruno sich gerade vor, „ich würde diese Geschichte dem Horst Lichter, dem Kölner Starkoch und TV-Moderator erzählen, der würde vermutlich unter seinem gezwirbelten Schnäuzer hervorpressen:

„Dat is'n Träumchen, dat is'n Träumchen."

Der kleine Gaukler

Bruno ist nicht gerade gut gelaunt. Es beschäftigt ihn einmal mehr das Thema: Integration – Migration. Und die Frage: Wie geht das? Und wenn ja – warum?

Ihn beschäftigt im Augenblick die Geschichte des kleinen Gauklers, der eines Tages aus der als liberal und fremdenfreundlich geltenden Stadt Köln verschwunden war. Mit einem liberalen, homosexuell und fremdenfreundlichen Habitus wirbt die Stadt ja bis in die heutigen Tage für sich.

So integrativ wie sich der Kölner allerdings gerne selber sähe, ist dieser Menschenschlag mit eigenem Migrationshintergrund nämlich nicht, denkt Bruno.

Da gibt es doch diese kleine Geschichte …

„Wo hab´ ich die noch gelesen? … im Simplicissimus oder bei Robert Gernhardt oder doch bei Karl May?"

Er war sich nicht mehr ganz sicher. Er wird das aber möglicherweise irgendwann nachliefern.

Einst, so hatte Bruno gehört, kam nämlich ein kleiner Gaukler aus dem fernen Ostwestfalen-Lippe …

Gaukler? Was ein Gaukler ist? In Köln selbst heißen sie seit der Erfindung des Rades Prinzengarde, Funken oder allgemein: Jecke. Was letztlich auf das Gleiche herauskommt.

Einst kam also der bereits erwähnte kleine Gaukler aus dem fernen Ostwestfalen-Lippe nach Köln. In der Hand trug er einen kleinen Spiegel, in den er beim Betreten der Stadt schaute und behauptete:

„Seht! Ich bin der einzige heterosexuelle Mann in dieser Stadt."

Dann drehte er den Spiegel herum und ließ Bürger, Magistrat und Kirche hineinschauen. Was sie sahen, nahmen sie ihm krumm. Sie beschimpften ihn aufs Übelste und drohten mit dem Pranger, ersatzweise Deportation in eine verbotene Stadt. [5] Kirchenvertreter empfanden es gar als Ungeheuerlichkeit, von einem Dahergelaufenen quasi als Homosexuelle gebrandmarkt zu werden. Und schlimmer noch: die auch noch Ministranten missbrauchen würden. Und überdies nahezu umfassend ignorant auch leugnen würden, dass es in dieser Kirche Männer gäbe, die Homosexualität als eine Krankheit bezeichnen. Das Mittelalter lebt aber weiter, stellte Bruno fest. Dabei hatte der kleine Gaukler solche Behauptungen nicht einmal aufgestellt. Ganz schön empfindlich, die Herrschaften.

Der kleine Gaukler aber hat nicht locker gelassen und seine Behauptung 99-fach und mit großen Lettern geschrieben an alle Kirch- und Domtüren dieser Stadt genagelt. Darauf folgend hörte und sah man nichts mehr vom kleinen Gaukler aus dem fernen Ostwestfalen-Lippe. Keiner wusste, was mit ihm geschehen war. Geraune über die Willkür des Magistrats machte die Runde und – hinter vorgehaltener Hand - der Begriff: weggeklüngelt. Also abgeschoben.

Es vergingen viele Jahre. Die Bürger und der Magistrat dachten nicht mehr an diesen kleinen Gaukler mit dem auffallenden Kinnbärtchen, bis eines Tages ein Herold, gekleidet in einen Tappert, in die Stadt kam.

„Zur Klarstellung", erklärt Bruno, „es ist nicht der glupschäugige Horst Tappert gemeint, der in eingedeutschtem Namen einen ‚Derrick' mimte."

Der Herold selbst hatte sich in einen Tappert gekleidet, also einem schön zu nennenden Heroldsmantel, geschmückt mit dem Wappen seines Dienstherrn. In diesem Falle mit dem Wappen einer Stadt, die sich an der Schnittstelle „westliches Westfalen – östliches Ruhrgebiet" angesiedelt hatte.

Der bekannte, aber aus kölnischer Sicht korrekte und von daher korrupte Herold schob dem Anzeiger der Stadt einen Kassiber zu. Am nächsten Morgen verlas der Stadtschreier eine expressive Botschaft:

„Heterosexueller Gaukler im Dortmunder Exil aufgetaucht. Magistrat bestreitet Abschiebung!"

Die Chronik sagt, dass die Häscher des Kölner Magistrats, trotz mannigfaltiger Bemühungen und Klüngelei, seiner nicht hatten habhaft werden können. Da hatte er noch mal Glück gehabt, der kleine Kobold!

Den Kölnern wird überdies nachgesagt, sie seien tolerante, integrativ-motivierte Menschen, allerdings mit sprachlich fragwürdigem und gerne vergessenem Migrationshintergrund. Man möge es sich vergegenwärtigen:

Auf engstem Raum leben gut eine Million einstiger Migranten Tür an Tür, ohne sich Gedanken darüber zu machen, wo sie eigentlich herkommen, oder was so alles in ihnen steckt.

Hier nur einige wenige Beispiele für die letztlich doch integrative Kraft der faktischen Vermischung:

Zweitausend Jahre alte Römer, Migranten aus anderen Ländern wie dem Ruhrgebiet, dem Land der Hessen und dem der Hänfles, aus dem verstoiberten, be-Scheuerten und breitnasig-gesöderten Bayern, der Türkei und anderen, wärmeren Ländern oder gar – wie bereits gehört - aus dem fernen Ostwestfalen und dem nahezu angrenzenden Polen.

Diese vielen damit verbundenen Schicksale schlagen sich noch heute in der eigentümlichen Sprache dieser Viel-Völker-Stadt nieder.

Wer sich in Köln sträubte, jene geknubbelte Migrantensprache anzunehmen und zugleich einen Zollstock mit ins Bett nahm, um messen zu können, wie tief er geschlafen hatte, wurde schon vor vielen Jahrhunderten als „Dussel" bezeichnet und in eine eigens dafür geschaffene, mit hohen Mauern versehene Kolonie im erweiterten Norden Kölns deportiert. Eine Diaspora. Weit ab von Köln. Quasi ein rheinisches Guantanamo.

Unter Strafandrohung war es fürderhin in Köln verboten, dieser Kolonie einen städtisch klingenden Namen zu geben. Bis in die heutige Zeit hinein, murmelt man allenfalls etwas von der „Verbotenen Stadt".

Überhaupt, was die Sprache angeht:

Weitestgehend wird um Köln herum hin und wieder und schon mal Deutsch gesprochen. Im sprichwörtlich weitesten Sinne. Ganz vorn dabei Dichterkönige. So sagt zum Beispiel der alternde Heinrich Faust beim Gassi gehen mit dem blutjungen Gretchen:

„Ach, kann ich nie
Ein Stündchen ruhig dir am Busen hängen
Und Brust an Brust und Seel in Seele drängen?"

Der gemeine Kölner aber kennt Faust nur in geballter Form. Die setzt er sowohl zum Jubeln als auch aus reiner Verzweiflung ein. Und dabei ist es völlig egal, ob der rot-weiße, divenhafte Fußballklub gerade gewonnen oder mal wieder verloren hat. Oder gar in die Zweitklassigkeit abgedriftet ist.

Der bereits genannte gemeine, völlig integrierte Kölner in seinen Mauern und den Geweben aus Klüngeldraht, kennt kaum die deutsche Sprache. Dafür versteht er bildhaft anmutende Sprachfragmente und formuliert eher „aus dem Bauch" heraus, kommt letztendlich aber immer genau auf das, von dem er glaubt, es am besten zu können: die melodienhafte Sprache.

„Jan un Jritchen, diese beide
müsse an un för sich leide
Jan upp Gritche, ahle Mann
dä nit mi poppe, danze, suffe kann."

Oder, wenn Gretchen ihren faustischen Verehrer fragt:

„Nun sag: wie hast du's mit der Religion?"

Dann neigt der gemeine Kölner gerne zur spontanen Antwort:

„Mer losse d'r Dom en Kölle, denn do jehööt hä hin, basta!" Geht immer.

Der Kölner Dialektiker denkt und spricht eindimensional, eine Frage ist sogleich als bejahende Antwort gemeint:

„Jon m'r eine drinke?"

Hier fehlt zwar die Ortsangabe, ein Kopfnicken würde als Bestätigung dennoch reichen. Wer allerdings auf diese fragende Antwort dummerweise auch noch antwortet: „Hässe ooch kei jeld?", outet sich wiederum als Dussel.

„Wie? – Zollstock?" Eine Gegenfrage ohne inhaltlichen Zusammenhang.

Und da nicht recht unterschieden wird, ob jemand aus Zollstock kommt oder mit Zollstock unterwegs ist, ob er aus Nippes oder Sülz kommt, wird diese Form der falschen Kommunikation „bekloppt" genannt und der falsch antwortende Dussel nächtens der ‚Verbotenen Stadt' überstellt. Nicht wenige sagen dazu: Abschieben. Da haben wir es wieder.

Übrigens will Bruno gerne wissen:

„Was ist angeblich das Schönste an der „Verbotenen Stadt?"

An dieser Stelle herrscht in aller Regel eine gewisse Ratlosigkeit bei den Befragten, eine Ratlosigkeit, die sich durch Stille auszeichnet.

Richtig wäre hier die Antwort:

Die Autobahn nach Köln!

Motorisierte Väter

Soeben hatte Bruno sich seine Lederkombi bis zur Hüfte heruntergeklappt und in den unteren Teil wahre Wasserfälle hineingeschwitzt. Hin und wieder nimmt er seinen dünnen Schal und wischt sich den Schweiß von der Stirn. Ein Pulk seiner Biker Kollegen brettert gerade die kurvenreiche Landstraße bergab. Vor allem die Harleys sind herauszuhören, laut, dumpf röhrend, manche ohne überhaupt einen Schalldämpfer zu besitzen, geschweige denn, dass sie je einen gehabt hätten. Und selbst wenn: zu laut für einen alternden Mann wie Bruno. Sollen sich doch die anderen alten Säcke ihren Traum vom ‚Easy Rider' erfüllen, sich ihre Bärte bis zum Bauchnabel wachsen lassen und sich dem Aussehen von ZZ-Top nähern. Alte Männer, die ihre Biker-Trips im Pulk, aber in aller Regel alleine auf der Maschine durchführten und dabei nicht über staubige Straßen die Weiten Amerikas durchmessen, sondern auf geteerten, kurvenreichen Straßen im Alpenvorland, in Österreich oder Italien ein komfortables, letztlich altersbedingtes und deshalb eher gefahrloses Abenteuer suchen. Abenteuer, die sich auf die Angst vor Stürzen oder unvorhersehbaren, aber mutwillig herbeigeführten Dellen an ihren hochpolierten Maschinen beschränkt.

All das ist und bleibt für Bruno zu laut und übermäßig profan. Allzu profan für einen wie ihn, der sich als Lonesome Rider versteht und, um den Kopf freizubekommen, alleine in Urlaub fährt. Seine im Vergleich mit einer Harley bescheidene Maschine ist ihm dabei nichts weiter als ein Mittel zum Zweck von A nach B zu gelangen. Wo auch immer B liegen möge. Natürlich sieht er den Widerspruch; denn für eine Strecke zwischen A und B ist es nicht zwingend nötig, eine solche Maschine unter sich zu spüren. Andererseits: Was ist schon seine Ducati gegen eine Harley? Auf eine solche Frage antwortet er vielsagend nichtssagend, aber mit sichtbar vor Stolz geschwellter Brust:

„Understatement."

Er will gerade sein Tuch in die Tasche der Kombi stecken, als ihn ein Plastikball im Gesicht trifft.

Es brennt ein wenig auf der Haut, sollte ihm aber, da ist er sich sogleich sicher, weder schwerste Verletzungen noch den Tod bringen.

„Die war das!", sagt der Junge verräterisch und deutet auf das Mädchen neben ihm. „Die kann gar nicht schießen. Die macht das immer falsch."

„Stimmt gar nicht", erwidert das Mädchen entrüstet, „vorgestern hast du dem Papa auch ins Gesicht geschossen…"

„Du lügst", entrüstet sich der Junge, „der ist doch absichtlich in den Ball gelaufen."

„Das sagst du immer", bleibt das Mädchen überzeugt.

„Sag' ich nicht!"

„Sagst du wohl."

„Sag'…"

„Hallo, ihr beiden Streithähne", ruft Bruno dazwischen, „mir ist nichts passiert. Ich lebe noch."

Schlagartige Ruhe, gesenkte Köpfe. Dabei zieht der Junge einen Schmollmund, als stünde er Modell für eine kindliche Kopie der – seit gefühlten Generationen - amtierenden Bundeskanzlerin.

Bruno schießt den Ball mit einem leichten Antippen aus dem Fußgelenk zurück.

„Danke", rufen die beiden wie aus einem Munde.

„Darf ich mir mal dein Motorrad ansehen?"

„Na klar. Nur wenn Du mir sagst wie du heißt?"

„Nikolaus", erwidert der Junge.

„Eigentlich heißt der Nikki, aber das hört Nikki nicht so gerne", sagt das Mädchen grinsend und zupft verlegen an ihrem Sommerkleidchen. Ein roter Faden hatte sich am unteren Rand auf den hellen Stoff gelegt und irritierte Bruno ein wenig. Der Junge knufft ihr in die Seite, und sein Blick suggeriert große Verärgerung über diesen Verrat.

„Und du?", fragt Bruno das Mädchen, „wie heißt du?"

„Sophia", antwortet es und fragt Bruno nach seinem Namen.

„Ich sag' immer Soffi zu der", wirft der Junge noch dazwischen und erntet nun seinerseits einen Blick größter Verärgerung und einen retournierten Knuff in die Seite.

„Und wo kommt ihr her?"

„Von da!" Nikko zeigt auf das Bauernhaus etwas oberhalb der Landstraße.

„Ich meine aus welcher Stadt?", präzisiert Bruno seine Frage.

„Köln", antwortet Sophia.

„Das ist interessant, ich komme auch aus Köln. So ein Zufall aber auch. Ich heiße übrigens Bruno."

„Ist das eine Harley?", fragt Nikko strahlend.

„Nein, das ist keine Harley." Nikkos Gesicht signalisiert Enttäuschung.

„Was ist das für eine?"

„Geh' hin, schau' sie dir an. Der Name steht drauf", antwortet Bruno.

„Der kann doch gar nicht richtig lesen", feixt Sophia.

Nikko beißt sich wütend auf die Lippen. Was zu viel ist, ist zu viel. Versteinert steht er vor Brunos Maschine. Es dauert eine Weile.

„Eine Ducati", triumphiert er plötzlich wach geworden. Tatsächlich, er hat den Schriftzug alleine entziffert.

„Und was für eine?" fragt er.

„Du stellst ja tolle Fragen", stellt Bruno lachend fest.

„Und? Was ist das jetzt für eine?" Nikko ist ungeduldig.

„Eine Ducati Multistrada 1200 Enduro."

„Hm! - Wieviel PS?"

„Oh!", entfährt es Bruno und er tut so, als müsse er ernsthaft grübeln.

„Ich glaube, so ungefähr 160."

„Bestimmt 'ne lahme Ente - wie schnell ist die denn?"

„Ich sag' mal so: Wenn ich wollte, könnte ich zweihundertundvierzig fahren - tu' ich aber nicht."

„Sag' ich ja - lahme Ente."

„Und warum lahme Ente?"

„Mein Papa hat mehr PS…"

„Doch nicht der Papa", wirft Sophia dazwischen und lacht.

Nikko ist beleidigt, verschränkt die Arme vor der Brust, lässt den Schmollmund noch ein wenig tiefer herabhängen und will wohl erst einmal nichts mehr sagen. Dafür übernimmt Sophia den Part der Expertin:

„Papas Auto hat - glaube ich - sag' ich mal … so … auf jeden Fall mehr als dein Motorrad…"

„570", korrigiert Nikko abschätzig Sophias komplette Ahnungslosigkeit, „fährt 284, hat mein Papa gesagt."

„Donnerwetter. Das muss ja ein tolles Auto sein", erwidert Bruno und setzt seinen Gesichtsausdruck auf die höchste Stufe des Erstaunens.

„Und ein ganz, ganz toller, ein rasend toller Papa, der so ein Auto offensichtlich unbedingt braucht", fügt er grinsend hinzu.

Nikko interpretiert Brunos Aussage und dessen Gesichtsausdruck als die allerhöchste Bewunderung eines armseligen Motorradfahrers, der es niemals mit seinem rasend guten Vater würde aufnehmen können. Er implantiert förmlich seinerseits einen Stolz in sein Gesicht, verschränkt seine kleinen Ärmchen vor der Brust und posaunt:

„Porsche Cayenne - Turbo S!"

Bruno treibt die Sorge um, der Junge könne gleich vor Stolz platzen.

„Das ist ja ein Geländeauto", sagt er. „Das passt ja gut in diese Bergwelt. Vielleicht ein wenig zu schnell für diese Straßen und Wege hier. In Köln gibt's ja weniger Gelände, allerdings auch mehr nicht-verwaltete Schlaglöcher."

Der Junge schaut Bruno an. Steile Falten im Gesicht und auf der Stirn und in Leuchtschrift, ein verwundertes „Hä?"

Bruno weiß, dass er in seinen Ausführungen nicht das altersbedingte und machbare Niveau des Jungen getroffen hat. Aber wo er gerade dabei ist:

„Da kann man so ein Auto vielleicht gerade noch gebrauchen, um Kinder unbeschadet zur Schule um die

Ecke zu bringen, wenn gerade kein Helikopter zur Hand ist."

„Andere Autos fahren aber auch", mischt sich Sophia kritisch ein.

„Du hast keine Ahnung", ereifert sich Nikko, den Brunos Bemerkung nicht ins Grübeln gebracht hat, „es gibt nichts Besseres als Papas Auto."

„Aber andere Autos fahren auch", schmollt Sophia.

„Quatsch!", erwidert Nikko und dreht seiner Schwester demonstrativ den Rücken zu.

Beide drehen beleidigt ab.

Vom Uferrand hört Bruno die Stimme einer Frau, vermutlich die der Mutter:

„NIKKI! Un bring dä Ball mit!"

Bruno muss lachen. Amüsiert denkt er:

Woher kenn' ich das bloß?

Er setzt sich auf einen großen Stein neben sein Motorrad und lächelt still in sich hinein.

2

Der erste Beatlesfilm

Bruno ist vierzehn Jahre alt und hat gerade seine Lehrstelle angenommen. Lehrgehalt: Neunzig Deutsche Mark. Im Monat. Viel Geld. Selbstverdientes Geld. Geld, das er zunächst einmal vollständig der „Haushaltskasse" übereignen muss. Die bisherigen zwei Mark bis zu seinem Eintritt in die Arbeitswelt, bekam er weiterhin. Im Monat natürlich. Eine fast unerklärliche Großzügigkeit seines Vaters. Besser als nichts; denn die zwei Mark entsprachen vierhundert „Knöterich", die pro Stück einen halben Pfennig kosteten und exakt so schmeckten. Oder zweihundert „Veilchenpastillen" in Veilchenfarbe und besserem Geschmack. Oder zweihundert „Silberlinge", die mit einem silbrigen Überzug versehen waren und an den Zähnen ein Gefühl vermittelten, als bisse man auf ein kleines Stück Metall. Quasi eine Intensivierung des obligatorischen Eisengeschmacks aus der staubhaltigen Luft. Einmal im Jahr, wenn das gesparte Geld reichte, konnte ein „Dick und Doof"-Film auf der Wunschliste stehen. Dann musste Bruno allerdings auf die Süßigkeiten verzichten. Die Entscheidungen waren nicht immer leicht.

Nach einigen zähen Verhandlungen mit dem Vater und der Fürsprache seiner Mutter darf Bruno fünfzehn Mark behalten. Im Monat. Selbstredend. Davon, so ist der Deal, muss er die Fahrten mit dem Zug und der Straßenbahn zur Lehrstelle abzweigen. Er fährt also, solange es geht, auch bei Regen und Schnee, mit dem Fahrrad die gut acht Kilometer lange Strecke. Immerhin ist jetzt mindestens ein Kinobesuch im Monat einigermaßen gesichert. Und auch nur dann, wenn der Film, oder besser: dessen Inhalt, durch den Kontrollrats-Vorsitzenden der Familie abgenickt worden war. Und das auch nicht immer. Je nach Laune.

Auf das aller Schärfste sind sowohl die Musik der „dreckigen Pilzköpfe" als auch deren erster Film verboten. Eine Zuwiderhandlung dieses Verbotes ist mit schärfsten Züchtigungsmaßnahmen verbunden. Also Prügel. Keine Ohrfeigen. Prügel! Und Hausarrest für „die nächsten drei Monate"! Drei Monate, kaum vorstellbar, aber immer wieder gerne verhängt. Bei Nichtbeachtung: Prügel, Hausarrest und so weiter und so weiter. Diese Auflage und deren Konsequenzen liefen in aller Regel nach etwa zwei Wochen stillschweigend aus. Vor allem, weil Brunos Mutter wegschaute, wenn der Alte gerade einmal Mittagsschicht hatte.

Zum Leidwesen der Erwachsenen können sich die pubertierenden „Mädels und Jungs" der sechziger Jahre allerdings der sich fast schon epidemisch ausbreitenden Beatlemania kaum, eigentlich gar nicht entziehen. So auch Bruno nicht. Obwohl: Bruno bleibt da eher skeptisch. Immerhin rühmt er sich, anders zu sein als all jene, die sich ihren Idolen kreischend unterwerfen. Bruno ist durch allergrößte Vorsicht in allen Belangen seines noch jungen Lebens nachdenklich geworden. Begeisterung für etwas, das hatte er gelernt, setzt Vorsicht außer Kraft und lässt Warnhinweise vor Ungemach nicht mehr ins Hirn gelangen. Nicht einmal nahe heran. Bruno will immer vorbereitet sein. Heimliche Vorlieben, die gehen gerade noch. Die Musik von Peter Kraus zum Beispiel. Bruno und Peter Kraus trennten ihren Musikgeschmack sehr deutlich von dem des Vaters. Der konnte sich für Rita Pavone („Wenn ich ein Junge wär"), Freddy Quinn („Heimweh - Dort, wo die Blumen blüh'n" oder „Junge, komm' bald wieder") oder Lale Andersen („Lili Marleen", die an der Laterne herumsteht) begeistern. Oft mit Tränen in den Augen. Tränen, die er schnell wegwischte, wenn Fremde, also Familienmitglieder, das Wohnzimmer betraten. Lautstark und fast schon inbrünstig sang er immer wieder, in aller Regel ungebeten, das Westerwaldlied mit.

„Oooooo – du schö-hö-hö-ner We-hä-häster-wald."- An diese Stelle folgt in der kurzen Pause zwischen den Zeilen in aller Regel ein Pfiff, bevor es weiterging mit „Über deine Höhen pfeift der Wind so kalt, jedoch der kleinste Sonnenschein, dringt tief ins Herz hinein…"

Anstelle eines abgesonderten Pfiffes hatte Bruno oft an „Eukalyptusbonbon" gedacht. Niemals hätte er es jedoch gewagt, dem Vater den freudigen Lückenpfiff zu verhunzen.

Nun denn! Der Beatleswahn hat gegenüber Pavone, Quinn und Andersen eine bis dato unbekannte Berechtigung. Eine einstige Mitschülerin wird in ihrem Beatleswahn immer schlimmer, je näher der angekündigte Termin für den ersten Beatlesfilm „Yeah-Yeah-Yeah" rückt. Sie flippt mehr und mehr aus. Bruno denkt in dieser Zeit häufig an Schizophrenie, ohne zu wissen, was das ist. Er hat lernen müssen, dass alles, was sich außerhalb der gesellschaftlich gesetzten Normen anzusiedeln drohte, mit Schizophrenie erklärt wird. Folgerichtig hat er selbst kein Interesse daran, schizophren zu werden. Auf dieser recht unlogisch gesetzten Norm fußend, war das wiederum logisch. Konsequenterweise durfte Bruno demnach auch kein Interesse an diesem Film und an der Musik äußern. Ganz abgesehen davon, dass sein Vater niemals auch nur annähernd seine Zustimmung gegeben hätte. Weshalb hätte Bruno ihn also fragen sollen – bei dessen Musikgeschmack?

Die Beatles? Diese Rolling Stones? Drecksbande! Eine Frage, ins Kino gehen zu dürfen, um die Beatles zu sehen, wäre einer Rebellion gleichgekommen. Rebellionen in einem Rechtsstaat werden im Keime erstickt. Reiterstaffel, Polizeiknüppel, Guantanamo. In die Keimzelle des Volkes heruntergebrochen sind es: Prügel. Drei Monate Stubenarrest. Das Übliche also.

Zu diesem Zeitpunkt hat Bruno übrigens keine Ahnung von der „Satisfaction" der rollenden Steine. Er hat gerade selbst etwas an und für sich entdeckt und damit genug zu tun, es geheim zu halten. Was gegenüber seiner Mutter nicht oft gelingt. Vor allem nicht, wenn sie die Bettwäsche wechselte.

Aber auch über Bruno kommen die ersten und dann steten Tropfen, die den Stein aushöhlen. Der Zeitpunkt der Filmdarbietung kommt näher. Langsam heißt es, sich etwas Großes, ja Geniales einfallen zu lassen.

Zum Kino sind die genossenschaftlich Pubertierenden („Einer für alle, alle für einen") dann – super Taktik - nicht rechts aus der Straße heraus, sondern nach links. Ein ziemlicher Umweg bis zum Kino. Zu viel Karl May gelesen. Falsche Fährte legen und das Böse in die Falle laufen lassen. Kann gut gehen, muss aber nicht.

Der Film hat noch gar nicht angefangen, als bereits die ersten Klänge von „A hard days night" aus den Lautsprechern dudeln. Die einstige Mitschülerin schreit, weint hemmungslos, kreischt vollständig hysterisch. Vom ersten Ton an. Ab dem ersten Bild und bis zum letzten Ton gibt es – nicht nur bei ihr – überstrahlte, rote und von Tränen völlig aufgeweichte Gesichter. Alle vorhandenen Augen sind geweitet, als hätten die Jugendlichen Drogen vom Bahnhof Zoo genommen, von denen die Kids damals noch gar nicht wussten, dass es überhaupt Drogen oder gar einen Bahnhof namens Zoo gab. Außerdem sagt kein Mensch Kids zu den Kids. Sie sind nichts weiter als die „Plagen", die allerdings „Blagen" ausgesprochen werden. Klingt weicher.

Ein wenig irritiert ist Bruno von den kreischenden Mädchen, die den Beatles gerne die Wäsche vom Leib gerissen hätten. Und vor ihm sitzt die einstige Mitschülerin. Das ist auch nicht besser.

Das Nachhaltigste ist für Bruno jedoch die Musik. Die hat ihn gepackt. Vollständig. Rita Pavone kann sich von nun an einen neuen Zwangszuhörer suchen. Und Freddy Quinn erst recht. Was war schon ein heißer Wüstensand gegen die Nacht nach einem schweren Tag? Nicht mehr als das Knirschen mit den Zähnen. Eines verbot Bruno sich jedoch: Hysterie. Das war nun gar nicht angesagt. Nicht in der Öffentlichkeit. Das wollte er gerne den Mädchen überlassen. Männer weinen nicht. Vor allem nicht in der Öffentlichkeit. Gelernt war eben gelernt.

Vor dem Ausgang des Kinos steht sein Vater. Ganz offensichtlich hat auch er Karl May gelesen und war schon deshalb ein ausgebildeter Fährtenleser. Wer hätte das gedacht?

Es ist das Ende mit lustig und aufgewühlter Stimmung. An dieser Stelle stimmt die heraufkommende Ahnung: Schläge ins Gesicht und die sinnentleerte Frage:

„Was habe ich dir gesagt?"

Ohne auf eine aussagekräftige Antwort zu warten: jeder Schlag ein Treffer. Heinz Erhard hatte ja schon mehrfach im Radio gewarnt: Rechtes Auge blau, linkes Auge blau …

Der Weg nach Hause gleicht dem Weg eines zur Schlachtbank genötigten Rindviehs. Bruno weiß bis heute nicht, ob sich ein Rindvieh durch Stockhiebe gedemütigt fühlt oder das einfach nur scheiße findet, die es im wahrsten Sinne des Wortes ausdrücklich zwischen sich und dem anzunehmenden Peiniger abwirft. Rindviecher haben allerdings in den seltensten Fällen Hosen an, in denen sich deren Darmreste hätten sammeln können. Bruno hat Hosen an.

Nun darf nicht optimistisch angenommen werden, zu Hause könne die Wut des Vaters ein wenig abgeebbt sein. Weit gefehlt. Jetzt geht es erst richtig los. Inklusive drei Monate Stubenarrest. Routine halt.

Und was ist mit Brunos Schwester? Sie war doch auch im Kino gewesen. Brunos Vater beachtete sie gar nicht. Das arme Kind trifft keine Schuld, weil ja der große Bruder erstens das Verbot, ins Kino zu gehen, missachtet und zweitens, seiner Aufsichtspflicht gegenüber der Schwester aufs Übelste nicht nachgekommen ist. Die Schwester kann ja nichts dafür, dass der blöde Bruder wieder einmal versagt und es vorgezogen hat, sich dem Verbot zu widersetzen und sich diese Verderber der Jugend anzusehen und anzuhören. Normalerweise sollte für solche Fälle die Todesstrafe angebracht sein. Bei diesem Gedanken ist Bruno zutiefst gerührt über die Gnade seines Vaters, ihm den Tod ersparen zu wollen.

Er muss sich natürlich eingestehen, dass der Ungehorsam gegenüber der Autorität sehr schlimm wiegt.

An dieser Stelle muss erwähnt werden, dass Bruder Herbert den Weg in die neue Zeit nicht mitgegangen ist. Erstens, so hatte er stets behauptet, sei diese Art von Musik nicht seine. Doch lieber Freddie und Konsorten. Und zweitens wollte er nicht Gefahr laufen, in die schlagenden Argumente seines Vaters zu geraten. Was das angeht, sagt Bruno heute, war er immer schon ein „ganz Schlauer".

Was Bruno angeht: Er muss Abbitte leisten für sein schändliches Tun. Hier muss – zugegebenermaßen - wieder Zucht und Ordnung rein. Selbstverständlich.

Zucht? Na ja. Und Ordnung?

Bruno willigte in die Bestrafung ein, obgleich er nicht nach seiner Meinung gefragt wurde. Der Vater hatte ihn allerdings auch nicht gefragt, was er gerade so denken würde. „Arschlecken!" Hätte er das ausgesprochen, ...

Vor dem Vater geheimgehalten, hatte die neue Musik, hatten die Beatles und später auch die Stones ein neues Ordnungssystem implantiert.

Es wird noch einige Unregelmäßigkeiten geben, aber das neue System hatte sich wie ein Virus in Brunos Blutbahn geschlichen.

Die erste Beatlesplatte

Mit dem Ersparten seines mageren Taschengeldes im zweiten Lehrjahr kann Bruno sich endlich, aber heimlich, seine erste Beatlesplatte kaufen. Singleversion. Fünfundvierzig Umdrehungen in der Minute, Vinyl, dreimarkfünfundsiebzig.

A-Seite „Rock'n Roll Music", B-Seite „I'm A Loser".

Bruno hat den versteckten Hinweis der B-Seite gar nicht mal bemerkt. Viel schlimmer ist, dass er die Platte nicht so oft hören kann, wie er will. Am besten sind die Zeiten, wenn der Vater Mittagsschicht hat und erst am späten Abend gegen halb elf nach Hause zu kommen pflegt. Manchmal kommt er erst zum Frühstück, wenn mal wieder kein anderer „'ne zusätzliche Schicht machen" wollte. Das kam eine Zeit lang alle zwei, drei Tage vor. Und ausschließlich dann, wenn er ab mittags arbeiten musste. Alle zwei, drei Tage machte sich die Familie Sorgen, es könne dem Vater etwas passiert sein. Das war von den Kollegen nicht fair.

Einmal hat Bruno die Platte auf des Vaters Philips Plattenspieler vergessen und zudem noch das Pech, dass der Vater, gerade von der Schicht nach Hause gekommen, den Wunsch nach seiner Lieblingsmusik verspürt. Freddy Quinn.

„Junge, komm' bald wieder" und bring' „die Gitarre und das Meer" mit, wenn du „La Paloma" pfeifst.

Als Bruno vom Vater rüde zum Rapport geweckt wird, um sowohl Rede und Antwort zu geben, als auch seine gerechte Strafe entgegenzunehmen, ist seine kleine schwarze Scheibe bereits in viele Einzelteile zersprungen und in dessen Folge der Nadel im Tonabnehmerarm des väterlichen Plattenspielers nicht mehr zuzumuten.

Wenn Bruno sich noch recht erinnert, hieß seine nächste Beatles Platte „Ticket To Ride" mit der B-Seite „Yes It Is". So isset.

Das sei gewesen, kurz nachdem die Single im gleichen Jahr herausgekommen war. „Rock'n Roll Music" hat er sich nicht wieder gekauft. Vielleicht, sagt er, weil es bessere Scheiben der Beatles gab.

„Oder mir hat der Titel der B-Seite nicht mehr gefallen."

Die spitzen Schuhe

Das gleiche Prozedere hat Bruno auch bereits mit seinen ersten selbst verdienten, damals modernen, spitzen Schuhen für zweiundzwanzig Mark durchgemacht. Ein Herzenswunsch hatte in Erfüllung gehen sollen. Keine Unfallschuhe der Arbeiter mehr, die sein Vater – aus Gründen der Sparsamkeit – aus der Materialausgabe der Fabrik mitzubringen pflegte. Schuhe mit der Stahlkappe im vorderen Zehenbereich. Schwer und unansehnlich für den Auftritt in öffentlichen Gefilden. Schuhe, die mit dem eingebauten Grund versehen waren, von Schulkameraden unnachgiebig ins Lächerliche gezogen zu werden. Und nun die ersehnten Schuhe, für die er einige Monate sparsam eine Mark um die andere gespart hatte, um sie preiswert bei Deichmann einkaufen zu können. Das Schuhwerk von Deichmann ist in den Augen vieler, die es sich leisten konnten, „zum Horten" zu gehen, nicht nur sehr preiswert, es ist einfach nur billig. Die meisten der nicht gar so betuchten Menschen stellen allerdings keinen Unterschied zwischen preiswert und billig fest. Und Bruno schon gar nicht, obwohl die geliebte Oma anderes meinte:

„Wat nix kost, is och nix!"

Vielleicht war der Tchibo-Bohnenkaffee ihr ökonomischer Maßstab. Bruno weiß es nicht.

Sein Vater Julius sieht diese verdächtige, weil selbstständige Aktion seines Sohnes noch mal ein wenig anders.

„Wie stehe ich denn da, wenn die Leute mitbekommen, dass ich dir keine Schuhe mehr kaufen kann?"

Wohlgemerkt: Die Schuhe hat sich Bruno von seinem Taschengeld gekauft, weil er angenommen hatte, der Spruch seines Vaters habe bis in alle Ewigkeit Gültigkeit:

„Von deinem Taschengeld kannst du dir kaufen, was du willst."

Als Bruno aber den Versuchsballon startet, Vater Julius auf diese Option anzusprechen, ist dessen Antwort auch für Bruno logisch:

„Von Schuhe kaufen hab' ich nicht gesprochen."

Den Schuhen werden daher kurzerhand die Spitzen abgeschnitten.

„Jetzt kannst du sie anziehen."

Und dann das übliche Prozedere.

So'n Pech aber auch.

Etikettenschwindel

Eine neue Hose muss her. Bruno benötigt dringend eine neue Hose. Widerwillig muss das auch sein Vater einsehen. Das kostet wieder Geld. Alles wird immer teurer. Vor allem die Familie. Bei sich selbst macht er gerne Ausnahmen. Kleidung, Schuhe, Krawatten, die nur Schlipse genannt werden, all das ist adrett und farblich zusammengestellt. „Vom Feinsten", wie er gerne stolz behauptet. Allerdings nicht zwingend vom Teuersten. Was der Vater für sich ausgibt, spart er an der notwendigen Kleidung bei Frau und Kinder. Also: quasi alles. Zu teuer halt. Was nicht geht, geht nicht.

Und nun Bruno, der Sohn. Die aufgetragenen Sachen seines Cousins waren zerschlissen und – na ja – nicht mehr wirklich zu flicken. Der Mann mit den straff zurückgeölten Haaren zeigt widerwillige Einsicht.

Und tatsächlich: Bei C&A (die Oma sagte „Ciska und Anna") in der Innenstadt hatte Bruno sich eine schicke, der damaligen Mode angepasste Hose ausgesucht. Zwanzig Mark! Na klar: zu teuer. Und ob er eigentlich noch alle Tassen im Schrank hätte?

„Glaubst du, ich kann Geld scheißen?"

Bruno weiß, dass dies nur bei einem Goldesel möglich ist. Sein Vater hatte aber mit Gold nichts zu tun. Dafür war er pragmatisch und findig.

„Zieh' die mal an. Auch schön. Kostet nur zwölf Mark."

Bruno passt die hässliche Hose natürlich nicht, behauptet er. Seine tief heruntergezogene Flunsch befördert aktionsverdächtige, steile Falten auf des Vaters Gesicht. Die Hosenbeine sind zu kurz, was vor allem schon mal vorkommen kann, wenn der Hosenbund bis knapp unters Kinn hochgezogen wird und die Arsch-backen ihre noch jugendliche Form zeigen.

Seines Vaters Kamm schwillt an. Die Adern in der Schläferegion schwillen gleich mit. Der Kopf nimmt die Farbe des Blutes an. Ein schönes, ein zartes Rot.

Plötzlich das Klappmesser in der Hand. Bruno ist so überrascht, dass er erschrickt. Dabei geht jetzt alles ganz schnell. Die bis soeben noch zwölf Mark teure Hose wird schwuppdiwupp teurer. Die andere hinge-gen billiger. Der Vater hatte sich blitzschnell mit der gerade noch teuren Hose auf nun zwölf Mark geeinigt. Ab zur Kasse, bezahlen und raus.

Bruno hat nur wenige Zeit zuvor ein neues Wort kennengelernt.

„Das ist doch Etikettenschwindel."

Etikettenschwindel sei der Persilschein, antwortet der Vater genervt. Alte Naziverbrecher hätten sich damit reinwaschen können. Persil selbst könne ja sonst nicht mal aus grauer Wäsche weiße machen.

Die neue Wunschhose wird kein Persil brauchen. Bruno ist selig. Und außerdem: Er hat ja auch schon Zigaretten geklaut.

So fängst es an – mit dem Relativieren.

Du bist wie dein Vater

„Du bist wie dein Vater."

Brunos geliebte Oma, seine Mutter, seine Geschwister vergleichen ihn. Menschen, die er liebt, vergleichen ihn mit seinem Vater. Ihr „Wissen" über ihn, Bruno, endet vor seiner Schutzhülle. Sie wissen nichts von all dem, was er erlebt hatte, aber sie glauben, ihn zu kennen. Sie haben das, was sie glauben, von ihm gesehen und erlebt zu haben, eins zu eins genommen, daraus ein Bild geformt und es eingefroren. Dieses Bild soll als Beweis dafür dienen, dass Bruno „schon immer" so war.

Verzweifelt schreit Bruno zurück:

„Ich bin nicht wie er!"

Fatal, fatal. Sein verzweifeltes, aggressives Schreien wird als Bestätigung der soeben ausgesprochenen Wahrheit angenommen. Siehe, er ist tatsächlich wie sein Vater. Wie recht wir doch haben. Aus der Nummer wird Bruno nicht mehr herauskommen.

Sie werden nie fragen: warum? Sie werden nie nach einer Entwicklung fragen. Sie haben ein Standfoto. Fertig. Was war in den vielen Jahren dazwischen? Vermutlich tiefste Dunkelheit. Und da sich kein Mensch in reiner Dunkelheit entwickeln kann, hat sich logischerweise ein Herr Bruno auch nicht entwickeln können. Im Grunde ist er eine Totgeburt. Was wiederum im Sinne des Vaters gewesen wäre. Trotzdem konnte Bruno hie und da eine gewisse Verunsicherung bei seinen Geschwistern spüren, die allerdings nie ablassen werden von ihren eingefrorenen Bildern. Sie hatten nie eine Ahnung von seinem Leben, seinen richtigen oder falschen Entscheidungen, seinen kreativen Kräften und Ideen. Sie haben bis heute keine Ahnung.

Wie sehr hatte ihn das verletzt?

Warum lässt Max Frisch seinen Anatol Stiller schon im ersten Satz seines Romans von 1954 sagen:

„Ich bin nicht Stiller!"[6]

Bruno hat den Stiller so verstanden:

Ich bin nicht der, von dem ihr glaubt, dass ich es sei.

Brunos wichtigstes Buch.

Seine Geschwister würden diesen Satz gar nicht verstehen, allenfalls erstaunt fragen:

„Hä!?"

Hofgeschrei – Un bring dä Ball mit

Das Kleinkunsttheater in der Stadthalle ist ausverkauft. Premiere. Viele einzelne Szenen sind auf der Bühne bereits abgelaufen. Während die Akteure am Ende ihrer jeweiligen Szene abtreten, geht kurz das Licht aus. In diesen kurzen Phasen hört das Publikum Rascheln, das Schieben von Stühlen oder das Geschiebe anderer Gegenstände.

Licht an. Entweder, einer oder mehrere der Akteure sind bereits auf ihren Positionen, oder sie erscheinen von der Seite. Die Szene beginnt. Am Ende der Szene das gleiche Prozedere. Licht aus, Geräusche, Licht an, Aktion.

In der folgenden Szene ist es ein kleinwenig anders. Licht aus, Geräusche, Licht an.

In der Mitte der Bühne stehen zwei schwarze Holzkästen übereinandergestapelt. Vom Publikum aus gesehen steht links auf dem oberen Kasten eine Topfblume. Es ist dunkel im Saal und auf der Bühne. Nur ein Spotlicht leuchtet dieses Kastenarrangement aus. Eine kurze Weile lang geschieht nichts. Im Publikum ist ein Geraune zu hören. Dann wieder: Licht aus, Licht an.

Ein Akteur steht hinter den Kästen. Die Haare streng nach hinten gekämmt, mit Haaröl oder Fit oder Flott am Kopf fixiert. Die Augen mit schwarzem Kajalstift umrandet und damit optisch aus dem Gesicht fallend. Der Mann trägt ein feingeripptes Unterhemd einer bekannten Marke. Sieht zum Schießen aus. Darunter, eine schwarze Hose, die er mit breiten Hosenträgern vor dem Abrutschen gesichert hat. Einer der Hosenträger hängt allerdings etwas funktionslos seitlich am

Körper herunter. Im Publikum herrscht angespanntes Schweigen. In den Händen hält der Schauspieler ein Sexmagazin. Er blättert darin. Anzügliches Gelächter im Publikum. Die Augen des Akteurs sind lüsternd auf die Seiten gerichtet. Aus der Sicht des Publikums steht rechts eine Flasche Bier, die der Handelnde auf der Bühne zwischendurch an den Mund setzt. Je zwei große Schlucke und ein Rülpser. Im Publikum wird gekichert.

„Dat soll'n Fenster sein", hört man eine gedämpfte Stimme aus der dritten Reihe.

Plötzlich fällt das Magazin auf das nun als Fenster verratene Fensterbrett. Der Akteur beugt sich vor, schaut nach unten ins Publikum. Sein Kopf bewegt sich minimalistisch, während seine Augen einer offensichtlich größeren Bewegung folgen.

„HÄBBÄT!"

Totenstille im Publikum.

„Musse dich eigentlich immer so dreckich machen?"

Am ausgestreckten Arm der Zeigefinger.

„MÄNNEKEN!"

Der Mann am Fenster widmet sich erneut seiner Lektüre, trinkt, rülpst. Nur wenige Sekunden später liegt die Lektüre erneut auf dem Fensterbrett.

„HÄBBÄT! – Siehsse nich, dat dä Jung dich die Förmkes klaut? – Von mich krisse keine neuen!"

Die Stimme - nachdrücklich. Die zusammengezogenen Stirnfalten verengen die schwarzumrandeten Augen noch bedrohlicher, als sie ohnehin schon wirken.

„UN KUCK NAM BALL!"

Der drohende Zeigefinger. „MÄNNEKEN!"

„Wie mein Oppa", hört man eine jugendliche Frauenstimme aus dem Publikum. Gekicher von einigen

Mädchen um die Stimme herum. Vierte oder fünfte Reihe. Das ist geografisch nicht genauer zu orten.

„HÄBBÄT! Verdammte Scheiße! – Da musse nich am Heulen fangen!" Wieder eine kurze Pause, in der der Vater am Fenster nach einem schlagkräftigen Argument zu suchen scheint. Dann hat er es.

„INDIANERHERZ KENNT KEIN SCHMERZ!"

Er dreht sich vom Geschehen im Hof ab und blickt nach hinten in die Weiten der schwarzen Bühne.

„HERTA! – Warum hasse dem Jung kein Pullöverken angezogen? – Dem seine Gänsehaut siehsse ja bis hier oben."

Er wendet sich wieder der Beaufsichtigung seines im Hof spielenden Jungen zu.

„HÄBBÄT!" – Nimm dat Schäufelken! – Un wenner dich dat Förmken nich widdergibt – hau'm ein inne Fresse!"

Der als Vater geoutete Akteur verharrt eine kurze Weile in einer Position, als höre er sich an, was der Sohn im Hof zu fragen hat. Empört über so viel Dummheit schreit der Vater zurück:

„Na – mit de Schippe! – WIE DOOF BISSE EIGENTLICH?"

Er nimmt wieder sein Sexheftchen auf. Sein schwarzer Blick schaut allerdings über den Rand hinweg in den imaginären Hof. Seine Augen verfolgen die Handlungen seiner Brut. Plötzlich weiten sich seine Augen. Sie bleiben auf eine Stelle fixiert.

„HÄBBÄT!" – Lässe getz die Finger von dat Mädken! – ALTET FERKEL!"

Dann wendet sich sein Blick ebenso plötzlich vom Geschehen im Hof ab und richtet sich in die Ferne, in die dunkelste Ecke, ganz weit hinter dem Publikum. Die Augen aufgerissen, erstaunt und angewidert.

„HERTA" – Komma kucken! – Die Kowalski hat'n neuen Freund!"

Eine Weile staunt er angewidert weiter.

„HERTA! – Nu komm doch ma kucken! – Die knutschen am offenen Fenster!"

Immer noch angewidert schüttelt er den Kopf.

„Die ollen Ferkel."

Er muss wegschauen. Was zu viel ist, ist zu viel.

Sein Sexheft in der rechten Hand, schaut er auf seine Armbanduhr am linken Arm.

„HÄBBÄT! - Komm getz rauf. Die Lichter geh'n schon an!"

Der Mann im klischeebesetzten Unterhemd lehnt sich weiter aus dem Fenster und verfolgt den Sohn, der, so die Mimik des Vaters, das Haus betreten will. Ein Förmchen scheint er in der Hand zu haben.

„HÄBBÄT! -UN BRING DÄ BALL MIT!"

Licht aus.

Das vermeintliche Klischee wird frenetisch beklatscht und bejubelt.

Die Zwischenpause bleibt ein wenig länger Zwischenpause.

Bei der Premiere haben sich auch Brunos Mutter und seine Geschwister unters kleinkunstinteressierte Volk gemischt. Wegen Bruno. Die Mutter war zuvor noch nie in einem Theater. Und mit Kleinkunst konnte sie gar nichts anfangen. Sie hat auch nicht verstanden, was da auf der Bühne soeben abgegangen war. Sie konnte den vielen szenischen Abläufen zum Thema Gesellschaft, Männer, Emanzipation intellektuell nicht folgen. Sie hat es mit dem Herzen verstanden. Da ist sich Bruno sicher. Sie hat geweint, das konnte er am Ende sehen, als alle Szenen gespielt waren und der frenetische Applaus des Premierenpublikums den Saal zu sprengen drohte. Bruno glaubte gar, ein Knirschen im Dachgebälk gehört zu haben. Dieses bekannte Knirschen vor dem Abheben.

Bruno ist sichtlich erleichtert, dass seine Familie gekommen war. Bei der Einladung hatten sie alle noch völlig erstaunt gefragt:

„Wie, du spielst Theater? – Wie, du auf ‚ner Bühne?"

Wie hat es sein können, dass jemand Theater spielt, der doch eigentlich so ist wie der Vater? Der zwar häufig Theater machte, es aber mit dem Spielen nicht auf die Reihe bekommen hatte.

Nach der Vorstellung steht sie da, die kleine, etwas pummelige Fine. Verloren sieht sie aus, inmitten all der Premierengäste. Abseits steht sie. Bruno geht auf sie zu.

„Und?"

„Ich hab nix verstanden", erwidert sie.

„Doch", sagt Bruno, „hast du."

„Lass' dich ma im Arm nehmen."

Sie schlingt ihre Arme um Brunos Hüfte, legt den Kopf an seine Schulter und weint. Bruno streichelt über ihren Kopf.

„Ich hab' dich lieb", flüstert sie.

Das hört Bruno in dieser Schärfe das erste Mal – und hat Tränen in den Augen. Er spürte in diesem Augenblick, dass die körperlichen Züchtigungen, die daran anschließenden Vergewaltigungen und die verbalen Demütigungen („Halt die Schnauze, fette Sau!" - Ich schlag' dich tot, du katholischer Kreuzkopf!") auch bei seiner Mutter tiefe Spuren hinterlassen hatte. Ihre Sprachlosigkeit war Ausdruck ihrer Angst.

„Ich dich auch", sagt er.

Nach der Trennung und der Scheidung vom Vater, hat Fine ihm, ihrem ältesten Sohn, die Verantwortung für sich und die Geschwister abgetreten. Bruno war sechzehn Jahre alt, hatte keinen Schimmer davon, wie er seine Geschwister hätte „erziehen" oder der Mutter in anderen Fällen hätte helfen sollen. Sein Repertoire bildete sich aus den eingehämmerten Bildern und Vorstellungen, die ihm der Vater in den Rucksack des Lebens gelegt hatte. Daraus ist dann immer wieder – völlig logisch – das Bild abgeleitet worden, er sei wie sein Vater. Solche Bilder werden schnell zu Erinnerungsfotos. Was fehlt, sind die Fotos neuerer Generationen der Knipserei im Kopf. Von analog zu digital. Sind auch schneller zu bearbeiten. Wenn man will.

Die Schwester scheint immer noch überrascht davon zu sein, den Bruder auf einer Bühne gesehen zu haben. Immerhin: Sie fand die Thematik des gesamten Stücks „interessant". Es ging ja auch nur um Männer, die sich, aus ihrer Sicht, mit ihren eigenen Vorstellung von Erziehung, Unterdrückung von Gefühlen etc. beschäftigt hatten.

Bruder Herbert ist sich in seiner Analyse der zuvor gesehenen Darbietungen gar nicht sicher. Tut aber so.

„Ganz gut", ist sein Fazit. Das sagt jemand, der das Gesehene, Gehörte oder Gelesene im Grunde nur scheiße findet, aber nicht den Mut hat, sich mit dieser verdeckten Meinung zu outen. Könnte ja zu einem Konflikt ausarten. Oder zeigen, dass man keine Ahnung von dem hat, was man gerade als „ganz gut" weggewischt zu haben glaubte. Herbert ist völlig frei von dem, was Theater oder Kunst überhaupt ausmacht. Dazu fehlt ihm einiges in seinem Denkapparat.

„Warum musstest du unbedingt meinen Vornamen nehmen? Find' ich total scheiße."

Na endlich, geht doch.

Bruno ist tatsächlich überrascht. Dummheit ja, aber gleich so viel?

„Das hatte rein dramaturgische Hintergründe", stottert er den Versuch einer Erklärung.

„Es kommt im Dialekt des Ruhrpotts besser rüber als ,Brunno' oder ,Alfred'. Oder ,Kalli' zum Beispiel, das wäre zu niedlich, mit diesem angehängten ,i'. Im Ruhrpott is nix niedlich. Zumindest auf den ersten Blick nicht. Häbbät klingt da besser."

Herbert Häbbat ist nicht überzeugt. Angewidert schüttelt er den Kopf.

Bruno will das Thema wechseln. „Und sonst?"

„Ganz gut, sach ich ja."

Herbert ist nicht mehr aus seiner Schmollecke herauszuholen. Dafür tritt eine junge Frau auf die beiden zu.

„Entschuldigung", sagt sie. „Ich fand dat mit dem Hofgeschrei total gut. Wie mein Oppa. – Dat wollte ich nur sagen."

„Vielen Dank", erwidert Bruno lächelnd, „und - jetzt ham se dat ja gesacht."

Bruno freut sich. Er sieht seinen Bruder an, zieht die Achseln hoch und sagt mit gespielt überraschtem Blick:

„Die einen so, die anderen so."

Die Schmollecke bleibt weiterhin Schmollecke.

Bruno gibt ein Signal für die Völkerverständigung:

„Beim nächsten Auftritt – ist mir gerade so eingefallen – kann ich ja einen anderen Namen herausschreien."

Herbert schaut ihn überrascht an. Brunos Idee ist:

„PEDDER! – Un bring dä Ball mit!"

Bruder Herbert nickt.

„Jau", sagt er, „dat geht."

Albtraum und Wirklichkeit

Bruno Kallenbach wälzt sich unruhig in seinem Bett. Was geschieht, wenn er eines Tages kommt, wenn er Anspruch darauf erhebt, seine Enkelkinder zu sehen? Bruno bleibt für einen Moment erstarrt liegen, horcht, ob er aus den Nebenzimmern verdächtige Geräusche hört. Nein! Nichts, außer den ruhigen Atemzügen seiner schlafenden Kinder. Seine Frau ist auf einem Seminar. Er muss sich um die Kinder kümmern. Die Bilder in seinem Kopf erhellen die Dunkelheit. Bruno sitzt in einer großen Höhle und schaut ins weite Land vor ihm. Grünes, fast menschenleeres Land. Perfekte Idylle, rein, ruhig, entspannend. Er sieht weit unten einige Menschen wuseln. Sie sehen ihn nicht, so abgeschottet wie er dasitzt in seinem offenen Grab. Hinter ihm die Dunkelheit, vor ihm die Idylle. Ein schneeweißes Anwesen mit weißen Pferden, einem weiß gekleideten Mann am weiß getünchten Gatter lehnend, erregt Brunos Aufmerksamkeit. Ihn fasziniert diese Entspanntheit. Das Bild hat sich seit seiner Kindheit und Jugend in sein Gehirn gefräst.

Plötzlich ein schabendes Geräusch an der Wohnungstür. Das Bild der Entspanntheit weicht dem angespannten Blick in die Dunkelheit. Was war das? Sein Vater? Weiß er, dass er alleine auf die Kinder achten muss? Was will er? Ich schlage ihn tot, wenn er auch nur …

Der Gedanke bricht abrupt ab. Das Geräusch an der Tür wird lauter, fordernder. Bruno springt auf, greift das Messer, das er zur eigenen Sicherheit stets neben seinem Bett platziert hat und eilt nacktfüßig zur Tür.

„Mach' auf! – Ich weiß, dass du auf mich lauerst", hört er eine Stimme. Sie ist fordernd, sehr bestimmt. Das ‚R' in ‚lauert', hört sich an wie eine kleine Salve aus einer Maschinenpistole.

„Verschwinde!" Bruno schreit die Tür an.

„Wenn ich die Tür öffne, und du stehst noch da, bringe ich dich um. – Ich zähle bis drei!"

Eines der Kinder ist aufgewacht und steht hinter ihm.

„Papa, ich kann nicht schlafen!"

„Geh' ins Bett", flüstert Bruno. „Papa muss noch was erledigen."

Mit lang gezogener Schnute und also widerwillig verzieht sich das Kind ins Kinderzimmer.

Die angedrohte Zählweise bis drei ist bereits weit überschritten. Sollte er dennoch zählen? Nachspielzeit? Bruno entscheidet sich für ein Ja. „Eins – zwei - … Drei!"

Ruckartig öffnet er die Tür und bekommt sogleich eine oder gar beide Fäuste des Eindringlings ins Gesicht. Bruno liegt auf dem Rücken. Blut fließt aus seiner Nase. Das rechte Auge schmerzt. Der Eindringling zieht seinen Ledergürtel aus der Hose und will auf den am Boden Liegenden einschlagen. Das kannte der Malträtierte und rollt sich blitzschnell zur Seite. Der Mann setzt nach und läuft ins offene Messer. Kraftlos sinkt er neben Bruno nieder. Eine größer werdende Blutlache fließt aus ihm heraus und versaut den Flur. Bruno atmet auf. Glück gehabt. Den blutbefleckten Boden wird er reinigen, die Leiche entfernen …

Nein, denkt er, das macht wenig Sinn. Zuerst die Leiche, dann der Boden. Er muss sich beeilen, bevor die Kinder wach werden. Seine Kinder, die er nie geschlagen hat, aber sie, um sie hier und da in die Schranken zu weisen, mit bösem Blick zu disziplinieren versucht und sie durchaus in Angst und Schrecken versetzt hat. Mit diesem Blick, den er vom nun tot daliegenden Vater gelernt hat. Mit diesem hasserfüllten Blick, mit dem ihm Julius Kallenbach schon Angst und Schrecken gelehrt hat. Bevor die Prügel kamen. Immer wieder. Jeden Tag.

Jetzt liegt er da, der Peiniger. In seinem Blut. Endlich sprachlos. Endlich waffenlos.

„Fahr' zur Hölle", denkt Bruno, ohne weiter auf den bewegungslosen Körper zu achten.

Am nächsten Morgen ist der Flur sauber, befreit von allen Spuren der Nacht. Die beiden Kinder toben in ihren Schlafanzügen fröhlich durch die Wohnung.

Bruno bereitet das Frühstück vor.

„Wenn die Kinder im Kindergarten sind, werde ich an den See gehen und versuchen, mich auf andere Gedanken zu bringen."

Eine Reise ins Glück

„Eine Reise ins Glück", denkt Bruno und schaut mit traurigen Augen auf den kleinen Tümpel vor ihm. Er legt das mitgebrachte Buch, Goethes Werther, neben sich auf die Bank. Glück? Was ist Glück? Mit dieser Frage fällt ihm die von Max Greger gespielte Melodie ein. „Eine Reise ins Glück." Im Vordergrund Greger mit seinem Saxofon, begleitet von dem Orchester eines süddeutschen Fernsehsenders. Ein Tanzorchester. Damals ging so was noch. Damals, 1958, in der restriktiven Adenauer-Ära. Die Melodie war einst ein Ohrwurm. Sonst hätte ihn Max Greger wohl kaum aufwendig mit Orchester eingespielt. Und dann laufen sie schon, die Bilder vor Brunos geistigem Auge.

Er sieht Ausschnitte aus dem gleichnamigen Film, sieht Teddy Reno, den Sänger des Liedes. Im Film spielt er den Lehrer Riccardo, mit einer schauspielerischen Leistung, die nahtlos an seine Sangeskünste heranreichen. Also: Mehr schlecht als recht. Aber immerhin locker angelehnt an einen schmalen Baumstamm, der nicht nur den Sänger stützt, sondern auch als Teil eines Spaliers herhalten muss, das die verbundenen Drähte mit dem darauf drapierten Weinreben hält. Ausgeschmücktes Kulissen-Italien der 50er Jahre. Italientraum gegen Wirklichkeit.

Aber das ist egal. Denn: Teddy singt. Und wenn er singt, schauen sie ihm alle zu, die sich gemäß Drehbuch auf diesem idyllisch wirkenden, kleinen italienischen Dorfplatz von der Größe eines Badehandtuchs zu einem Stelldichein zwecks gemeinsamen Spaßes an der Freud' eingefunden hatten. Das alles auf engstem Raum, einem Dorfplätzchen im Dorf Nipozzano auf dem toskanischen Apennin. Und alles so toll arrangiert. Die drapierten alten Holztische, bedeckt mit rot-weißen Tischtüchern. So stellte man sich in den 50er Jahren allenthalben italienisches Flair vor. Ein Filmkulissen-Italien der 50er Jahre halt. Die bauchig-verkorbten Chiantiflaschen fehlen auf keinem Tisch. Weinreben ranken von gespannten Drähten. Vermutlich wird es nicht mehr lange dauern, bis die ersten Blätter dem einen oder anderen den Nacken kitzeln oder sich aus einem der Weingläser zurückholen, was der Winzer ihnen aus den Trauben herausgepresst hat. Die Sonne scheint. Der Himmel blau und wolkenlos. Oder fast.

Und mitten drin: Renate (gespielt von Waltraut Haas), die aus der Pfalz eine Reise ins Glück gewagt hatte. Die Bedauernswerte steckte mit ihrer Weinstube „Loreley" am Rhein in finanziellen Schwierigkeiten. Heute spräche man von Insolvenz, was auch mit Pleite gut übersetzt wäre. Und wie es der Zufall so will, erbt sie – wie aus dem Nichts - ein Weingut in Italien. Glück gehabt. Dem Prekariatsteufel offensichtlich gerade noch einmal den eigenen Fuß unterm Pferdefuß entzogen, begibt sie sich voller Freude mitsamt Onkel Eberwein (gespielt von Paul Westermeier) und Kellner Otto (gespielt von Harry Fuß) auf den Weg in die Toskana. Wer wollte da nicht gerne einmal vor der Pleite stehen? Und dann das Übliche: Intrigenspielchen, ansatzweise mafiöse Handlungen des bösen Bruders des Weingroßhändlers Carlo Brandini usw. usw.

Dem Ende gehört, wie hätte es anders auch sein können? - die inszenierte Fröhlichkeit. Zwei Jungen, ein Mann mittleren Alters und gleichen Gewichts, ein schwarz-weißer Hund schauen zu, wie Reno singt. Ob sie auch hören, was er singt, muss an dieser Stelle leider offenbleiben. Alle vier auf einem obligatorischen Mäuerchen des Dörfchens sitzend oder angelehnt, dem Troubadour zulächelnd. So stellte man sich schon damals „den faulen Italiener" vor. Immer nur Siesta. Laut und fröhlich.

Wie hatte Eugen Roth um 1960 noch gedichtet?

„Des Südens Lärm scholl unermüdlich –
Doch – welche Wohltat: Er war südlich!"

Junge Frauen, mit jeweils einer Frisur, die an einer späteren Verteidigungsministerin Wiederverwendung finden sollte - lächelnd. Alte Frauen in Kittelschürzen (wegen der suggerierten großen Hitze in dieser Sequenz mal ohne Kopftücher) – ebenfalls lächelnd. Dahindrapierte alte Männer - lächelnd. Fette Männer, die offensichtlich das Essen von Spaghetti mit dem Stopfen von Gänsen verwechselt zu haben scheinen. Sie üben sich darin, die Tellerportion möglichst in seiner Gänze auf einmal ins Maul zu schieben und mit der Gabel solange nachstechen, bis die Spaghetti an den Ohren wieder herauszukommen drohen. Übrigens nicht lächelnd. Vermutlich wegen der widerspenstigen Spaghetti. Drei Graugänse, ausgeliehen von Conrad Lorenz, die irgendwohin schauen, nur nicht zum Minnesänger - und auch nicht lächelnd.

Nur einer lächelt noch sanft vor sich hin. Im Profil erkennbar, die dunklen Haare straff nach hinten geölt oder gefettet, der Liebling und Schwarm (fast) aller Frauen in den 50er Jahren: Rudolf Prack. Er spielt den in Renate verliebten Carlo Brandolini und den Gegenpart zu seinem bösen Bruder Romeo Brandolini (Oskar Sima). Prack erinnert Bruno noch heute an seinen Vater und an viele der anderen Väter, die, wenigstens im Profil, dem Frauenschwarm Prack ähnlich sahen. Nicht zuletzt konnte auch sein Vater gegenüber Frauen durchaus einen gewissen Charme aus sich hervorzaubern. Seine erst spät aufgedeckten Fremdliebschaften legten dafür Zeugnis ab. Die äußere Ähnlichkeit? Es waren die straff nach hinten gefetteten Haare. Zuerst mit Birkenwasser eingerieben und verduftet, dann mit cremiger Tubenpampe, auch Pomade genannt, fit und flott über das noch volle Haar gegen das Sträuben derselben gespachtelt. Fertig. Das durchaus markant zu nennende Gesicht, die streng wirkenden, dunklen Augenbrauen und das stark rollende R der Menschen aus einem rechtsrheinischen Waldgebiet, bewirkten den Rest des vermeintlichen Charismas. All das konnte Rudi Prack auch. Hatte man wohl von einem österreichischen Kunstmaler und einstigem Gefreiten des Ersten Weltkrieges übernommen. Dazu stets ein obligatorischer grauer Tweed-Anzug mit „gerade geschnittenem Beinkleid und Umschlag am Hosenbeinende". Für die damalige Zeit die Männermode schlechthin. Fertig war der Schlawiner.

Und Teddy Reno singt schmalzig weiter. Am weißen Hemd der oberste Knopf geöffnet. Die Krawatte, gelockert, damit sie ihm beim Singen nicht den Hals zuschnürt.

Und er singt mit griebenlos geschmalzter Stimme weiter. So ganz nebenbei, als sei es beim Trällern das Einfachste auf der Welt, greift er sich blind eine Ukulele und deutet an, diese auch noch zu spielen. Ohne hinzuschauen. Selbst die zwei von der Kamera eingefangenen Ansätze des Saitenschlagens korrespondieren weder mit der notwendig richtigen Grifffolge, noch mit den zugehörigen Takten der durchaus eingängigen Melodie. Allerdings mit einem Text versehen, der so flach ist, wie es der Gesellschaft in den 50er Jahren gefiel und von ihr verstanden wurde. Damals wie heute. Texte, die von Liebe, Südsee, von Träumen eines schönen, glücklichen Lebens erzählen. Mehr konnte der damaligen Gesellschaft nicht abverlangt werden, dreizehn Jahre nach Ende des Krieges, gerade einmal neun Jahre Existenz der Bundesrepublik Deutschland. Von - vor allem: mehr - Demokratie wagen, konnte noch nicht die Rede sein. Eher von Demokratie üben. Die letzten Spuren einer Trümmerlandschaft waren noch sichtbar. Was hätte außer Diktatur geübt werden sollen? Zu des Glückes Unterpfand gehörten allerdings eben auch schon die ersten Wohlstandsdeutschen, die mit der Vespa, dem Käfer oder - wer das Geld bereits hatte zur Seite schaffen können - mit dem Opel Rekord, dem Mercedes oder gar dem Opel Kapitän gen Italien fahren konnten. Genitalien haben wir immer gesagt, denkt Bruno und grinst vor sich hin. Und dabei haben wir uns schlappgelacht, erinnert er sich und grinst einfach weiter. Warum auch nicht?

Und Teddy Reno singt salbungsvoll Geschmalztes:

„Eine Reise ins Glück wünsche ich mir so sehr
eine Reise mit dir an das blaue Meer."

An dieser Stelle fehlte das später so berühmt gewordene „Hossa" eines Sängers, der als Vornamen den beliebten Namen eines deutschen Schäferhundes tragen wird.

„Sind wir beide am Strand du und ich ganz allein
sag' ich leise zu dir: laß [sic] uns glücklich sein.
Hier schaut uns niemand zu beim Küssen,
kein Mensch stört dich und mich,
hier gibt es nur noch Sonne Palmen und dich.
Eine Reise mit dir wünsche ich mir so sehr,
eine Reise in's [sic] Glück an das blaue Meer."

Heißa-Hossa, Caramba, Caracho, beendet Bruno diese Zumutung und zugleich die Bilder im Kopf. Geplanter Filmriss.

Er fragt sich verwundert und ein wenig irritiert zugleich, warum er eigentlich hierher an diesen kleinen See gekommen ist? Fast hätte er es vergessen: Goethes Werther. Das Büchlein neben ihm. Wäre es wirklich eine Reise ins Glück, wenn er, mit den - zwischen zwei Buchdeckeln gepressten - Leiden des jungen Werther, hineingesteckt in die hintere Hosentasche, in den See gegangen wäre wie Otto Friedrich Wilhelm von Wittelsbach, seines Zeichens König von Bayern, kurz: Ludwig II? Wobei, wenn er sich recht erinnern sollte, Ludwig gar kein Buch von Goethe in irgendeiner Hosentasche gehabt haben soll, geschweige denn: irgendein anderes Buch. Kannte Ludwig das Buch überhaupt? Hatte Ludwig überhaupt schon einmal etwas von Goethe ...

Wer liest schon so eine alte Schwarte? Und all diese Müh' auch noch für eine Frau? Igittigitt. Bruno ist nicht Ludwig. Bruno hat es bis zum heutigen Tag vermieden, in irgendein Wasser, in irgendeinen See zu gehen. Schon bei dem Gedanken an das feuchte Nass verkrampft sich seine Beinmuskulatur.

Aber all das führt zu weit und dient nicht zwingend der Wahrheitsfindung. Welcher Wahrheitsfindung auch immer.

Er packt den Werther in die hintere Hosentasche und wendet dem See den Rücken zu.

„Was soll all das Grübeln?" So denkt er und murmelt vor sich hin:

„Ich stelle mich."

Im Augenblick weiß er allerdings nicht – wohin?

Für die Umsetzung sucht er einen geeigneten Standort und setzt sich probehalber auf eine Bank unter Bäumen. Mit dem Rücken zum See. Probehalber. Der Definition nach hatte das nun mit „stellen" nichts zu tun. Sei's drum.

Der Gedanke an ein aufgeweichtes Buch verursacht Bruno innere Pein. Nein! Niemals werde er einem Buch freiwillig ein solch schnödes Schicksal angedeihen lassen. Dann eher auf diese Art und Weise des Abgangs auf eine Reise ins Glück verzichten. Abgesehen davon: Was ist Glück? Wo soll es sein? Und wenn es Glück geben sollte - an welchem Ort dieser oder jener Welt soll es zu finden sein? Wer gibt eine Garantie dafür, auf welcher Reise auch immer das Glück zu finden ist?

Teddy Reno wird es vermutlich gewusst haben, denkt Bruno. Und ganz sicher auch Rudi Prack. Vielleicht sogar der kleine weiße Hund.

3

Schlachtrufe

Bevor sie Mitte der 1950er Jahre das kleine Haus kauften, wohnten Brunos Großeltern (väterlicherseits, betonte er gern und häufig) gegenüber der einklassigen Volksschule im tiefen Westen eines Waldes zur Miete. Ein kleiner Garten wurde von ihnen genutzt, in dem eine Ziege, vier bis fünf Kaninchen, einige Hühner und Gänse einen eingezäunten Teil des kleinen Geländes in eine Matschlandschaft verwandeln durften.

Einmal im Jahr ist das Schlachten angesagt. Ein Familienfest auf engstem Raum. Es flattert und gackert, hopst oder nicht, einige Langohren rümpfen allenthalben aber ständig ihre Stupsnasen, es schnattert und meckert. Federn wiegen sich auf sanften und weniger sanften Pustewindchen. Es riecht nach Hühner- und Gänsescheiße, nach Bier und Bluna.

Dann geht's los. Der Großvater fängt eines der Hühner, hackt diesem auf dem Holzklotz mit dem Beil ungerührt den Kopf ab, wirft ihn zu den anderen Hühnern hinter den Zaun und übergibt nicht sich, sondern das blutende Huhn der Großmutter.

Während sich die noch lebenden Hühner um den noch zuckenden Hühnerkopf der Artgenossin rangeln, das eigentlich tote Huhn aber immer noch zuckt und die gelben Füßchen in laufbereiten Bewegungen hält, hängt die Großmutter das arme Tier mit dem nun kopflosen Ende nach unten über einen Eimer. Die immer weniger zuckenden Beine des Huhns dabei fest in ihrem Griff.

Die arme Kreatur. Den dreikäsehohen Bruno ekelt es. Er verdrückt heimlich die eine oder andere Träne. Nur den Großvater nicht ansehen. Der kann weder weinende Frauen noch Jungen, die ja mal Männer werden würden, ausstehen. Schlappschwänze hatte er in den letzten beiden Kriegen genug gesehen.

„Weicheier", wie er sie nennt, Schlappschwänze, „die sich die Birne haben abschießen lassen." Oder die Beine. Oder die Arme. Oder alles. Wenn er nicht mit der vorletzten Maschine aus dem Stalingrader Kessel heim ins Reich hätte fliegen müssen, er hätte es „dem Iwan" ganz alleine gezeigt, wie ein „guter Deutscher" mit so einem „Gesocks" umzugehen pflegt. Das kam so überzeugend, dass Bruno das glaubte.

Großvaters Zehen waren ein wenig abgefroren in der eisigen Gegend um Stalingrad. Natürlich habe man gefroren in den dünnen Mäntelchen, gab er zu. Natürlich hatte man wenig bis gar nichts mehr zu essen. Na und? Was einen Mann nicht umwirft, macht ihn nur härter.

Der kleine Bruno will auch härter werden und hat sich beizeiten entschlossen, seinen Körper gegen die Prügel des Vaters und des Großvaters zu stählen. Eine Frage der reinen Anspannung. So oder so. Gelang noch nicht immer. Die Übung wird's richten. Wer glaubt, wird selig. Das hatte er mal von der anderen, der katholischen Oma gehört.

Nachdem das Blut vollständig aus dem Hühnerkörper entschwunden ist, klemmt sich die Großmutter das tote Tier zwischen die Beine und beginnt, es zu rupfen.

Bruno ekelt es.

„Du sollst zugucken", befiehlt der Großvater und dreht Brunos Kopf unbarmherzig in die Richtung des Huhnes. „Mach´ die Augen auf!" Vater Julius schaut derweil aus dem Hintergrund zu.

So wird ein Mann ein Mann. Blut aus irgendwelchen toten Körpern muss ein Mann ertragen können. Basta!

Bruno wird sich ein Leben lang nicht an diese Vorgabe halten können. Und er wird später Herbert Grönemeyers Frage in dessen „Männer"-Lied ebenso wenig beantworten können wie vermutlich der Bochumer Sänger selbst:

„Wann ist ein Mann ein Mann?"

Das Plumpsklo

Der achtjährige Bruno sitzt auf dem Plumpsklo hinter dem Haus seiner Großeltern. In dem zerkratzen und bräunlich angelaufenen Spiegel, kaum größer als eine Männerhand, sieht er die rötlichen Konturen, die Großmutters Hand in seinem verweinten Gesicht hinterlassen hatte.

„Warte, bis der Großvater nach Hause kommt."

Hatte es noch Sinn gemacht, den Dreck von seiner Hose wegzuwischen? Die Großmutter hatte ihn wegen seines Zuspätkommens und wegen seiner beschmutzten Hose bestraft. Sie beließ es in solchen Fällen immer bei einem Schlag ins Gesicht. Bei nur einem Schlag. Das war nichts Neues. Brunos Hosen waren jeden Tag dreckig. Also, was soll's? Ihre Ohrfeigen waren als ein Hinweis zu verstehen, so zu werden wie sein gleichaltriger Cousin. Sauber, adrett, stark, gehorsam, also pflegeleicht.

Aber ihn lassen die Bilder nicht los. Jetzt laufen sie in seinem kleinen Kopf wieder ab. Der Mann, der ihn auf der Landstraße angesprochen und ihm „Maoam" versprochen hatte, wenn er etwas dafür tun würde. Der Mann hatte ihn auf einen schmalen Waldweg, dann seitlich durch Büsche auf eine sehr, sehr kleine Lichtung geführt, kaum größer als der Platz für zwei Hauszelte. Bruno rieb wie ihm geheißen. Und er spürte wieder die Angst, die plötzlich größer war als die Angst, nicht rechtzeitig vor dem Großvater zu Hause zu sein. Die Angst vor den Schlägen des Großvaters war der Angst gewichen, von dem Mann totgemacht zu werden, wenn er nicht das tat, was er von ihm verlangte.

„Gehe nie mit fremden Menschen!"

Ekel stieg in ihm auf. Und Erleichterung darüber, dass er noch lebte. Was sind die Schläge des Großvaters gegenüber der Angst vor diesem Mann und dem Ekel? Weg mit den Gedanken. Bruno streicht sich übers Gesicht, als wolle er Bilder wegwischen. Immerhin traf es eine Fliege. Nur eine von den vielen.

Bruno konnte zu diesem Zeitpunkt auch noch nicht wissen, dass ihn gerade der kräftige, vorbildliche Cousin einige Jahre später, vermutlich aus pubertärer Neugier heraus, während eines der mittäglich befohlenen Schlafensphasen, in der Dachkammer des großelterlichen Hauses missbrauchen würde.

Die Großeltern haben diesen Cousin an Sohnes statt angenommen und aufgezogen. Sie sagten immer: aufgezogen, so, wie man Nutzvieh aufzuziehen pflegt.

Außerdem hätten Stadtkinder, betonte die Großmutter fast täglich, keine Disziplin. Sie seien dumm, faul und säßen, wie Bruno, nur in den Ecken herum. Sie läsen in Büchern, die sie - da war sie sich ganz sicher - nicht einmal verstehen würden. Diese Stadtkinder. Diese Verachtung in ihrer Stimme. Er, Bruno, sei sowieso ein „Bankert".

Das musste etwas sehr Schlimmes sein; denn die Großmutter benutzte diesen Ausdruck oft. Bruno wird viel später erfahren, dass er für den Vater zwar ein Unglück und überdies zur falschen Zeit geboren sei und besser abgetrieben worden wäre, aber Bruno war kein „Bankert", kein uneheliches, kein Kuckuckskind. Die Mutter hatte ihn immerhin fünf Monate unter verehelichtem Nachnamen ausgetragen. Es könnte eher so gewesen sein, dass die Großmutter der Schwiegertochter unterstellte, ihrem Sohn ein Kuckucksei untergejubelt zu haben. Das könnte den Dauerbegriff des Bankerts erklären.

Jedenfalls, so die Großmutter weiter, könne von Verstehen in seinem Alter keine Rede sein. Lesen? So was gibt es auf dem Dorf nicht. Wer brauche schon Bücher? Das Leben verlangt Anpacken, keine Bücher, die nur faul und behäbig machten. Und Bücher machten faul und behäbig. Sie selbst habe nie Bücher in der Hand gehabt. Sie hatte gar ihre eigene Schulzeit vergessen.

„Und kuck, was aus mir geworden ist."

Das sagte die bildungsentfernte Ehefrau eines Kraftfahrers ohne Berufsausbildung. Vielleicht, so wird Bruno später einmal denken, vielleicht mangels einer Volksschulzeit, die ihn, wie den Vater, aus reiner Lust am Lernen, direkt zwei Klassen hat wiederholen lassen.

Nur Fleiß und Gehorsam seien im Leben wichtig. Von dem anderen Kram könne man sich nichts kaufen, und die Ernte wird dadurch auch nicht schneller eingefahren. Außerdem gehorchten Stadtkinder den Erwachsenen nicht, was man ja an ihm sähe. Ständig sei seine Kleidung schmutzig, obwohl sie es verboten hatte. Sie, sie allein müsse ja alles waschen, nicht er. Als hätte sie nichts anderes zu tun. Die schwere Arbeit in der Hotelküche. Und so weiter.

Und jedes Mal drohte sie damit, dass ja gleich der Großvater nach Hause käme. Wenn es nur um den täglichen Dreck an der Kleidung gehen würde, gäbe es vielleicht noch eine zusätzliche Ohrfeige vom Großvater. Das war zu verschmerzen. Wenn er aber mit dem Fahrrad verbotenerweise zu lange unterwegs war, ohne zu sagen, wo er hin wollte, und wenn er dann auch noch später als fünf Uhr am Nachmittag heimkam, dann durfte er gewiss sein, dass sie es dem Großvater sagen würde. So ginge das nicht. Er, der Großvater, müsse mal wieder ein tatkräftiges, ein unterstreichendes Machtwort sprechen. Alle zwei, drei Tage sprach der Großvater ein tatkräftiges, unterstreichendes Machtwort. Mit seinem Ledergürtel machte er mindestens einen Strich darunter. In der Regel mehrere. Meist auf dem Rücken, damit sie auch deutlich zu sehen waren – die Striche. Da waren sich Vater und Großvater gleich. Selbst erlebt und abgeschaut. Der Junge läuft ja sonst komplett aus dem Ruder, hört nicht auf das, was man ihm sagt und außerdem ...

Die Prügel mit dem Ledergurt kamen somit nicht gänzlich unerwartet. Die Schläge hatten im Übrigen häufig einen, dem achtjährigen durchaus bekannten Rhythmus.

„Wie — oft — soll — ich — dir — noch — sa - gen — du - sollst — ge —hor — chen?"

Das solche Fragen im Stakkato der Schläge einen zusätzlichen Hintergrund hatten, beruhigte Bruno. Sie erleichterten das Mitzählen.

... mit sooo viel Lie - be ... mit sooo viel Lie – be …

Die ersten Schläge hatten noch auf der Haut geschmerzt, weil sie ein wenig anders geführt wurden als die ihm vom Vater bekannten. Aber auch sie hatten sich eingebrannt. Immer wieder neu. In allen Ferien auf eine neue Probe gestellt. Die stets wiederkehrenden Fragezeichen am Ende solcher erzieherischer Grundsätze gingen lautlos im Brei der Schmerzen unter.

Vielleicht hatte er ja heute Glück, dass die Großmutter sich beim Großvater zwar einmal mehr über seine verschmutzte Kleidung beschweren könnte, aber er, der Großvater, es bei einem bösen, furchterregenden Blick belassen könnte, wie er ihn vom Vater her kannte.

Gewöhnung reduziert Schmerzen bis zur Schmerzunempfindlichkeit. Bruno hoffte, dass sie den vom Dreck überdeckten Spermafleck dieses fremden Mannes nicht bemerkt hatte. Obgleich er nicht einmal wusste, dass es als Spermafleck bezeichnet wurde, was er da auf der Hose mit sich herumtrug. Er kannte das Wort nicht einmal. Würde sie ihn bemerken, diesen Fleck, wenn sie die Hose wusch? Was ist das für ein Dreck unter dem Dreck, könnte sie fragen. Und er würde antworten, es nicht zu wissen. Vielleicht gibt es noch eine zusätzliche Ohrfeige. Vielleicht auch nicht. Er hoffte, dieses Erlebnis mit dem ihm fremden Mann im Wald irgendwie schon jetzt gut genug weggewischt zu haben. Im Kopf und auf der Hose. Was ein Mensch mit acht Jahren halt so denkt.

Die Fliegen in dem engen Kabuff stören ihn. Sie stören ihn mehr als der beißende Geruch von Urin und Scheiße unter ihm. Es ist fast dunkel an diesem Ort, nur ein kleiner Lichtstrahl fällt durch das herausgeschnitzte Herzchen in der Holztür vor ihm. Eine kleine Höhle. Eine stinkende kleine Höhle. Brunos kleine, stinkende Höhle. Um sich hierher zu flüchten, bedurfte es keiner besonderen Ausreden.

„Ich muss mal aufs Klo."

Das reichte für eine kurze Zeit der Zuflucht, der Ruhe, des Schutzes, des Alleinseins, des Naserümpfens. Die dicken Schmeißfliegen stören ein wenig. Ab und an nimmt Bruno eine der neben ihm liegenden alten Zeitungen oder einen der alten Warenhauskataloge von Quelle oder die so bezeichneten ‚Preislisten' von Neckermann. Das harte Papier war nicht dafür gedacht, Fliegen zu klatschen. Aber Bruno klatscht Fliegen, gibt es ebenso schnell wieder auf, weil er sie im Halbdunkel auf dem „Donnerbalken" nicht wirklich sieht. Er legt beide Hände schützend vor sein heißes Gesicht und stützt die Ellenbogen auf seinen Oberschenkeln ab. Er ist nicht allein. Die Fliegen schwirren.

„BRUNO!"

Ein strenger, ein wütender Schrei. Der Großvater ist nach Hause gekommen. Dieser Tag wird nicht gut enden, weiß Bruno und bereitet sich innerlich auf den Abend vor.

Wenn Bruno mit seinen acht Jahren noch nicht viel wusste, damals, auf dem Donnerbalken, eines ahnte er:

Nicht nur die Fliegen sitzen in der Scheiße.

Die Scham

Nach jahrzehntelangem Schweigen über diese Geschichte, verbunden mit dieser Scham, dieser immer noch lähmenden Angst, hat Bruno sie seinem Bruder Herbert erzählt. Mit Tränen in den Augen.

Die Antwort des Bruders darauf:

„Da kann die Angst vor dem Großvater ja nicht so groß gewesen sein." Eine lapidar klingende Antwort.

Dabei hatte er eine Augenbraue hochgezogen. Es wirkte hämisch, völlig unsensibel, kleingeistig und verletzend. So kam es bei Bruno an. Vermutlich war es auch genau so gemeint.

Nach vielen, vielen Jahren des Schweigens hatte er diese Geschichte zuvor einem Freund seiner Theatergruppe erzählt. Dabei wirkte Bruno immer noch sehr geschockt. Sein Erlebnis erzählte er stockend. Immer wieder hatte er kleine Pausen einlegen müssen, in denen er sich versuchte zu sammeln, die Scham herunter zu drücken. Tränen. Schlucken. Weiter, so gut es ging. Die Betroffenheit seines Freundes.

Ach, alles ist so schmutzig ...

Mit der Antwort seines Bruders hat er nicht gerechnet, vermutlich nicht einmal damit rechnen müssen. Die Interpretation kam ihm wie eine Verlängerung des Missbrauchs vor – und wie ein weiterer Verrat.

„Ich war acht Jahre alt! Wie unterscheidet ein Achtjähriger die Tragweite der einen Angst gegenüber einer anderen Angst? Die eine Angst ist gerade real geworden, die andere bildet etwas Zukünftiges ab. Eine Erfahrung, die sich gebildet hat, die erwartet wird, während die andere Angst dich gerade anfasst."

Der Bruder hat auch darauf nur mit den Achseln gezuckt, als gehöre eine solche Deutung nicht in seinen eh schon beschränkten Denkapparat. Die Augenbrauen hochgezogen. Sein Gesicht signalisierte Verachtung, als ob er einen Sieg über seinen Bruder Bruno errungen hätte. Hurra! Endlich!

„In dem Augenblick, indem sich eine neue angstmachende Situation nähert, wird die andere, die imaginäre Angst überlagert", versucht Bruno weitere Erklärungsversuche.

Er hätte ebenso gut mit einer Wand reden können. Bruder Herbert hat es nicht verstanden. Oder er wollte es nicht verstehen. Anzunehmen ist aber, sagt Bruno, dass er es nicht verstehen konnte, weil ihm dazu die notwendige analytische Fähigkeit fehlte, die bekanntermaßen mit Intelligenz verbunden sein muss.

„Ein Arschkriecher war er, ist er immer noch", resümiert Bruno. „Nicht umsonst wurde er vom Vater ‚der Pastor' genannt. Immer beschwichtigend. Dabei mit dem Kopf in Vaters Arsch. Ist das auch Missbrauch?" Bruno lacht.

„Ansonsten war Herbert ein rotgesichtiges, jähzorniges Rumpelstilzchen. Wenn der Vater nicht dabei war. Dann flogen häufig die unschuldigen Püppchen aus dem ‚Mensch-ärger-dich-nicht-Spiel' oder das gesamte ‚Dame-Halma-Brett' fand sich im halbwegs zusammengeklappten Zustand unter dem Küchentisch wieder."

Lag es daran, fragt Bruno sich, dass der Bruder wegen einer einzigen Frau zu den Katholen konvertiert ist? Oder weil diese Herrenrunde weiß, wie Missbrauch zu vertuschen, wie er kleinzureden ist? Oder hat es einfach damit zu tun, dass er zu einer (leider

immer noch) großen Masse von empathielosen, sogenannten erwachsenen Mitläufern in dieser Gesellschaft
gehört? Mitmachern, die auf Ratio setzen? Verstand!
Kann man allerdings auch nur dann einsetzen, wenn
man ihn hat – den Verstand. Aber woher sollte ein
achtjähriges Kind überhaupt den Verstand haben, von
dem vermeintlich Erwachsene gerne reden und auch
noch glauben, sie selbst hätten ihn. Haben sie ihre eigene Kindheit vergessen? Leben sie heute in einer anderen Welt? In einer Welt von sogenannten Profis, die
sich anmaßen, auf kritische Fragen von Jugendlichen
zu antworten: „Lasst das mal die Profis machen"?

Es ist ein kalkulierter Irrtum: „Profis" lindern nicht.

Kein Mensch vorher konnte Brunos Verletztheit sehen. Nur wenige konnten sie körperlich spüren, ohne
vom Hintergrund zu wissen.

„Ganz abgesehen davon, dass Verstand ohne das
Verstehen der eigenen Gefühle nicht zuletzt in die Ignoranz im Einzelnen und zum Zynismus im Besonderen führt. Feine Gesellschaftsmodelle!"

Brunos Kinn vibriert. Kurz richtet er seine Augen auf
den Tisch. Nicht hinsehen, nicht gesehen werden. Seine
Tränen. Seine ohnmächtige Wut auf Dummheit und
Ignoranz, auf Ungerechtigkeiten, auf körperliche und
seelische Gewalt. Es waren solche Situationen, die ihn
unglaublich aufbringen konnten – nach den ersten
Momenten seiner Sprachlosigkeit. Er reagiert auf solcherlei Dummheit und Respektlosigkeit so, als habe
man ihn auf dem falschen Fuß erwischt. Das stört die
Balance. Bruno musste sich erst einmal fangen. Und
das selbst viele Jahre nach einer solchen Demütigung.
Bruno vergisst nicht. Bruno kann gar nicht vergessen.

Ein Kardinal legt Hand an

Nicht nur dem ins Katholische konvertierten Bruder geht die Sensibilität für Missbrauch ab. Sie geht auch dem Großteil der angepassten Bevölkerung ab. Auch dem damaligen Oberhaupt dieser Organisation für Macht und Missbrauch fehlte die Sensibilität. Ihm fehlte vor allem die Sensibilität in der Wahl seiner nicht gar so wohlgesetzten Worte.

Im September 2010 gab es in Köln ein „Medientreffen" zum Thema „Missbrauch in der katholischen Kirche." Es ging auch um die Art und Weise der Aufklärung. In einem Radiointerview des WDR äußerte sich der damalige Kölner Kardinal Joachim Meißner über die Erkenntnisse dieses Treffens:

Hätte die Kirche auch nur annähernd geahnt, was da an Missbrauch gewesen sei, „hätten wir doch selbst Hand angelegt."

Zur Erinnerung: Das Thema hieß: „Missbrauch in der katholischen Kirche" und handelte davon, dass einige (nicht: einige wenige!) Priester mindestens Hand an Ministranten und jungen, angehenden Priestern angelegt hatten. Und Meißner kübelte eine solche Wortwahl aus seiner Bekleidung. Für Bruno unfassbar.

„Auf eine solche Wortwahl, und diese zudem in solch einem Zusammenhang, muss ein Mensch erst einmal kommen. Hatte der Mann gewusst, was er da gesagt hat?"

Vermutlich nicht, Bruno. Zölli bat ja auch um eine Handreichung, ohne selbst darum gebeten worden zu sein.

Was man weiß, was man wissen sollte.

Bruno hatte einiges zu dem Thema Missbrauch gefunden. Zum Beispiel die Auszüge aus einem Inter-
view von „stern.de" mit dem Kinderpsychiater und
Trauma-Spezialisten Andreas Krüger vom 30. Oktober
2008 [7].

stern.de: Herr Krüger, kommt sexueller Missbrauch
in allen Schichten der Gesellschaft vor?

Krüger: Ja. Und je besser die soziale Situation des
Kindes ist, desto größer ist die Wahrscheinlichkeit, dass
die Tat im Dunkeln bleibt. Wir gehen davon aus, dass
in Deutschland jedes Jahr Hunderttausende Mädchen
und Jungen Opfer sexueller Übergriffe sind.

stern.de: Mit lebenslangen Folgen?

Krüger: Wenn ein Kind oder ein Jugendlicher eine Situation als traumatisch erlebt, entsteht traumatischer
Stress und in dessen Folge eine seelische Wunde. Wo-
ran man arbeiten kann, ist die Wundheilung. Aber es
wird auf jeden Fall eine seelische Narbe bleiben.

[...]

stern.de: Warum dauert es oftmals lange, bis sich die
Kinder jemandem anvertrauen?

Krüger: Häufig passiert das aus der Angst heraus,
nicht ernst genommen zu werden. Diese ist nicht unbe-
gründet: Es gibt erschreckend viele Eltern, die ihren

Kindern zunächst nicht glauben. [...] Viele Kinder und Jugendliche schweigen auch aus Scham oder werden vom Täter massiv unter Druck gesetzt. Oder ihr inneres Gleichgewicht ist derart massiv gestört, dass sie nur einen Ausweg finden: vergessen, verdrängen, ausblenden.

Frühe Verantwortung

Als Ältester wird Bruno früh die Verantwortung für die Bewachung seiner Geschwister übertragen. Er ist fünf Jahre alt, hat bereits – wir erinnern uns - verheimlichte Erfahrung mit dem Konsum von Schnaps, ist also in einem Alter, in dem der Mensch zwingend lernen muss, Verantwortung zu übernehmen. Wo andere sich gerne unschuldig geben und „die Gnade der späten Geburt" ins Feld führen, ist es bei Bruno die Ungnade der frühen Geburt. Bruno weiß darüber nichts. Er weiß auch noch nichts darüber, dass der Krieg nun schon seit gut zehn Jahren vorüber ist. Aber er weiß, dass die Eltern am Abend hin und wieder spazieren gehen - oder „mal eben um die Ecke."

„Du passt auf, dass hier geschlafen wird. - Verstanden?"

Kaum sind die Eltern aus dem Haus, regen sich auch schon die Geister, die zuvor die Schlafenden gespielt hatten. Lieber die Augen schließen, als Gefahr zu laufen, den herrischen Ton des Vaters hören zu müssen. Die Anfänge einer Logik in noch weichen Kinderköpfen. Wer die Augen verschließt, hört auch nichts mehr. Was man nicht sehen oder hören kann, ist auch nicht da.

Bruno weiß ja bereits: Wegsehen macht unsichtbar. Eltern weg, also Eltern nicht da. Denn: Wer nicht da ist, kann auch nichts sehen. Logisch.

Eltern weg - Licht an. Die Matratzen werden zu Trampolins. Die ersten Kissen fliegen, gefolgt vom Gejohle, wenn eines getroffen hatte.

Ein Klopfen an der Fensterrollade. Das ist der Nachteil, wenn man Parterre wohnt. Die drohenden Töne des Vaters, der das ‚R' rollt, in dem seine Zunge vor den oberen Schneidezähnen vibriert, so, wie Bruno es wenige Jahre später im Kino, in der „Tönenden Wochenschau" noch immer hören wird. Die phonetische Diktion der Nationalsozialisten.

„Was habe ich gesagt?"

In der Stimme von außen fehlte das eine oder andere ‚R', was die Frage weicher erscheinen lässt, als es der Inhalt suggeriert.

„Licht aus! Ruhe!"

Zwei Minuten? Fünf Minuten? Die Kinder haben kein Zeitgefühl. Sie müssen jetzt weg sein – die Eltern. Auf ein Neues. Das Licht bleibt aus. Das erste Kissen fliegt durch die Finsternis und fast gleichzeitig die Tür auf. Der Schatten im Türrahmen, dahinter das beleuchtete Wohnzimmer mit der Stehlampe. Die drohende Stimme des Vaters, an die Geschwister gerichtet.

„Ihr schlaft jetzt. - SOFORT!"

Die Brut hat die Augen schon geschlossen, tut, als schliefe sie, als hätte sie nie ein Wässerchen getrübt. Die zur Drohung verdunkelten, zusammengekniffenen Augen, die Bruno wütend ansehen. Bruno weiß, welche Schuld er auf sich geladen hat, er weiß, was geschehen wird. Vielleicht wird es eines schönen Tages wichtig sein, gelernt zu haben und zu wissen, was in naher, gar in weiter Zukunft geschehen wird.

Der Blick seines Vaters alleine garantiert das Gefühl unendlicher Angst. Später wird er seine eigenen Kinder so drohend ansehen. Das hatte er gelernt, wie der Vater von seinem Vater gelernt hat. Bruno wird auch gelernt haben, wie man Angst, wie man Panik erzeugen kann. Er wird es variieren können. Er wird sich nicht die Hände an Folterwerkzeugen schmutzig machen. Der

Blick wird reichen. Und lernen ist nicht nur wichtig, es ist überlebenswichtig.

Denn: „Was Hänschen nicht lernt, lernt Hans nimmermehr."

Der Vater zieht ihn an den kleinen Ohren ins Badezimmer, drückt ihn über die Wanne, zieht ihm die Schlafanzughose bis in die Kniekehlen herunter. Drei Schläge mit dem Teppichausklopfer auf den nackten Arsch.

Anschließend ist es ratsamer, auf dem Bauch zu schlafen.

Brennende Schmerzen

Den brennenden Schmerz des ersten Schlages spürte Bruno dann am heftigsten, wenn er - oder anders: wenn sein Körper - nicht darauf vorbereitet war, wenn der erste Schlag aus dem Nichts zu kommen schien. Hinterrücks, aus dem Handgelenk, oder mit einem Kochlöffel, der zuvor ohne Aufhebens aus der Schublade des Küchenschrankes genommen worden war und spätestens nach dem zweiten Schlag gebrochenen Holzes geteilte Wege ging. Der unwesentlichere Teil blieb in der kräftigen Faust des Vaters, der wichtigere Teil, der mit dem Löffel dran, suchte sich ein wenig Freiheit und landete unter dem Küchentisch, wo bereits der zuvor vom Vater geschundene Familienhund lag und leise wimmerte.

Meist war es jedoch der Teppichausklopfer oder der lederne Hosengürtel des Vaters, dem damals noch – wir erinnern uns - ach-so-adretten Besuch bei Trautchen und Schäng. Vielleicht rächte sich die Tatsache des verweigerten Bohnenkaffees. Wer soll das wissen? Wer will das wissen?

Sobald Bruno glaubte, auch nur den Hauch einer Ahnung darüber haben zu müssen, dass es Ärger geben könnte wegen Wer-weiß-was, spannte sich sein Körper so dermaßen an, dass er die Einschläge mehr hörte, als spürte. So entwickelte er seine Abwehr gegen die Angriffe von außen. Seine Wehr gegen den Schmerz, gegen die Verletzungen, auch gegen das Leben und die Liebe, die ihm andere Menschen geben wollten. Das gehört zum Preis. Das ist ein zu verschmerzender Kollateralschaden. Ganz sicher ist sich Bruno heute nicht mehr.

Wenn er mit kleineren Verletzungen aus den Raufereien mit Nachbarsjungen und Tränen des Schmerzes nach Hause kam, pflegte sein Vater zu sagen:

„Indianerherz kennt kein` Schmerz."

Wir kennen das.

Das sagte er wegwerfend. Verächtlich. Selber schuld. Was hat der andere abbekommen? Nicht viel? Hat er was abbekommen oder nicht? Nein, eigentlich nichts.

In solchen Fällen hatte Bruno also wieder einmal versagt. Sein Vater konnte sich darüber so dermaßen in Rage steigern, dass er ihm neue Kampfkraft einzubläuen trachtete.

„So geht das! Hast du das kapiert?"

Und das alles in bester Absicht. Der Sohn solle doch, bitte schön, stark und kräftig werden. Julius wollte nur, was alle Väter wollen: Sein Kind beschützen, damit es kein Weichei werde, damit es sich im Leben angemessen durchsetzen und wehren kann. Was ist daran verwerflich?

Wenn er Glück hatte, verzog Julius Kallenbach nur verächtlich sein Gesicht und ließ den ungeratenen Sohn stehen. Wortlos. Verachtend.

Wenn Bruno mal ausnahmsweise keine der ansonsten täglichen Ohrfeigen, Faustschläge oder Prügel hinnehmen durfte, dann hatte er halt Glück gehabt.

Es waren die Momente des freien Durchatmens – und gefühlt staubfrei.

Der Daumenlutscher

Im ersten Schuljahr der Volksschule hat der Schulzahnarzt bei Bruno die Schiefstellung seiner Zähne bemängelt und dringend zu einer Zahnspange geraten.

„Zu teuer", sagt der Vater. „Keine Zahnspange. Basta! Das geht auch anders."

Bis zum Beginn seiner Lehrzeit, die er mit seinem 14. Lebensjahr antreten wird und einige Zeit darüber hinaus, lutscht Bruno nachts am Daumen. Seine Schneidezähne haben dem jahrelangen Druck des Daumens nachgegeben und sich weit aus dem Gesichtsfenster gelegt. Immer wieder, vor allem, wenn Bruno von seinem Vater erwischt wird, hagelte es – wie sollte es anders sein? - Prügel und die Zwangsverpackung des Daumens in eine angepasste Daumentüte aus Skai. Außen mit fast fingerdick aufgetragenem extrascharfem Löwensenf aus der „Verbotenen Stadt" beschmiert.

Löwensenf ist Bruno bis heute zu stark, der hob ihm immer schon gefühlt und gerne mal die Schädeldecke an, aber er schmeckt immer noch besser als der künstliche Geschmack des Kunstleders. Morgens hängt der Däumling stets baumelnd neben seinem Daumen.

Hat sein Vater bei einem seiner nächtlichen Kontrollgänge, den nicht mehr ordnungsgemäß drapierten Däumling entdeckt, muss der „böse Daumen" samt angehängtem Arm auch schon mal auf dem Rücken Platz finden. Angebunden. Gefesselt. Anderes hätte keinen Sinn mehr gemacht. Mit einigen, durch die eingeschränkte Bewegungsfreiheit verursachten Schwierigkeiten und entsprechenden ganzkörperlichen Schmerzen verbunden, muss der nicht ganz so beliebte rechte Daumen herhalten. Hauptsache, es beruhigt den

Daumenbesitzer. Der saugt die vermisste Anerkennung aus dem Daumen. Woher auch sonst? Was Bruno in diesen Zeiten allerdings nicht bemerkt, ist, dass der Daumen gar keinen Inhalt solcher Wünsche hergibt. Es ist immer nur die gleiche Spucke, die er in sich einsaugt. Das stete Saugen hält allenfalls seine Angst in erträglicheren Grenzen.

Es ist das, was er verinnerlicht habe, wird er später einmal sagen:

„Saugen lindert Angst und entspannt wie das Saugen an der Mutterbrust. Ersatzweise auch Brüste anderer Frauen."

Diese Abwandlung würde erst viel, viel später zum Einsatz kommen.

4

Verirrte Gedanken

Das linierte Blatt Papier hatte Bruno irgendwann in den Anfängen der 1980er Jahre beschrieben und in irgendeinem seiner vielen Tagebuchordner versenkt. Nach einer seiner Therapiestunden, in denen es um seinen Umgang mit Frauen ging, die ihn verlassen, die er verlassen hatte, erinnert er sich daran. Er klaubt das zerknitterte Blatt mit spitzen Fingern wieder hervor.

„Meine Gedanken verirren sich im Dickicht meiner Gehirnwindungen", steht da. „Auf der Suche nach ihnen, vergesse ich zu atmen und drohe zu ersticken."

Er hält inne. Gut, denkt er, dass ich wenigstens das Atmen wieder aufgenommen habe. Er steht auf, geht zum Kühlschrank und nimmt eine noch halb volle Flasche Weißwein heraus. Das Weinglas von gestern Abend tut's noch. Er gießt das Glas randvoll und trinkt den übrig gebliebenen Rest direkt aus der Flasche.

Alkohol, denkt er, ist dein Sanitäter in der Not.

Eigenartigerweise geht ihm dieser Grönemeyer-Refrain nicht mehr aus dem Kopf, seitdem dieser mit dem Album ‚4630 Bochum' erschienen ist.

„Gelallte Schwüre … Vierzigprozentiges Gleichgewicht", singt Grönemeyer.

„Bei mir sind's", sagt Bruno im Selbstgespräch, nimmt die leere Flasche und schaut aufs Etikett, „nur dreizehn Umdrehungen." Er ist allein. Keiner, der ihm widersprechen könnte.

„Alkohol ist mein Fallschirm und mein Rettungsboot", variiert er Grönemeyers Text. „Was ist so schlecht daran? - Ohne Fallschirm lande ich auf der Fresse. Und ohne Rettungsboot ersaufe ich im Wasser. Das ist geschmacklos – das Wasser. Da nehme ich mir doch lieber einen Reclam-Werther in die Hosentasche und steige hinein – in die Geschmacklosigkeit."

Er nimmt einen großen Schluck aus dem Weinglas und liest in seinem Text weiter.

„Ich sehe nichts. Die Dunkelheit bedroht mich wohlwollend. Ich bin ihr dankbar. Meine Gedanken sind mit den geraubten Gefühlen geflohen. Ich muss meine Gedanken wiederfinden, um meine Gefühle befreien zu können. Die Verkrampfungen. Die Anstrengungen beim Durchqueren der endlos scheinenden Kanäle. Diese Enge. Sie erdrückt mich. Ich wehre mich mit aller Kraft. Meine ganze Energie wird nötig sein, meine Gedanken wiederzufinden, um meine Gefühle befreien zu können. Ich will die Suche nicht aufgeben, obwohl meine Kraft nachlässt."

„Alkohol ist das Drahtseil, auf dem du stehst", meldet sich der Grönemeyer in Brunos Kopf. Der leert das Glas mit einem Zug. Nicht Grönemeyer. Im Kühlschrank wartet eine weitere Flasche auf ihn. Nicht auf Grönemeyer.

„Immer wieder entzerrt sich mein verschwommenes Bild, das mir entgegenblickt. Die Momente huschen an mir vorüber und mit ihnen meine Ahnungen."

Nach dem zweiten Glas verschwimmen nicht nur seine Ahnungen, es verschwimmen auch seine Gedanken hinter glasigen Augen.

„Mein Bild von mir bleibt so verschwommen wie das Bild der anderen, das meine Gedanken geformt hat."

Das steht da in seinem Text, den er geschrieben hat, „als Grönemeyer noch im Boot gesessen hat", sagt Bruno und grinst, wie jemand grinst, dessen Gesichtszüge sich nicht mehr kontrollieren lassen.

Der Alkohol, der Alkohol.

Mit verschwommenem Blick liest er weiter.

„Du wendest dich ab und betrachtest dein Bild vom anderen. Es fehlen noch Konturen, die du nachziehen musst. Immer wieder scheint das Bild zerfließen zu wollen. Du hältst den Strom auf, indem du es mit Firnis überziehst. Dein Ärger steigert sich. Dein Bild ist nicht mehr dein Bild. Du distanzierst dich von dem Material, das dir nicht gehorcht."

Die Knitterfalten im Blatt erscheinen nun auf seinem Gesicht und in den Gehirnwindungen seines Kopfes. Bruno hat viel und über vieles nachgedacht. Auch darüber , ob er zuerst seine Gedanken wiederfinden muss, um seine Gefühle befreien zu können. Er war sich sicher, auf einem guten Weg zu sein.

Das soll glauben, wer will.

Zwei Dinge fallen: das Weinglas auf den Boden und sein Kopf auf die Tischplatte.

Fratzen sind keine Alternative

Nach gut zwei Stunden mit dem Kopf auf der harten Tischplatte, regt sich langsam Brunos Geist. Er schaut auf seine „Verirrten Gedanken" und auf den Tagebuchordner. Er hatte ihn auf den Küchentisch gelegt und nicht zugeklappt, nachdem er das eine Blatt herausgenommen hatte. Etwas ramponiert nimmt er die nächste Aufzeichnung aus der Ordnergefangenschaft und liest so gut es geht:

„Mit schnellen Blicken jage ich durch die Welt, nehme die Reaktionen der anderen auf und forme aus ihren vielen Reaktionen meine eigene, die mich schützen soll vor den Reaktionen der anderen. Ich lebe nicht für mich, ich lebe für die Anerkennung durch die anderen. Ich interpretiere die Wünsche der anderen und mache sie zu meinen eigenen. Indem ich die Wünsche der anderen in mir selber aufzeige, mache ich mich zum Spiegel der anderen, zum Spiegel, in dem sie sich selber sehen. Sie lieben ihr Spiegelbild. Das Spiegelbild bin ich. Aber das wissen sie nicht. Weshalb sollten sie es auch wissen wollen? Sobald ich aber nur den Ansatz einer Fratze zeige, zertrümmern sie den Spiegel. Wer sieht schon gerne seine eigene Fratze. Auch ich nicht.

Wie oft fand ich mich hässlich? Wie oft stand ich vor einem Spiegel, aus dem mir eine meiner Fratzen entgegenblickte? Wie oft hatte ich das Gefühl, meine Fratze zertrümmern zu müssen, weil ich den Wünschen der anderen entsprechen wollte – nicht den meinen? So wenig, wie sich andere selbst anzunehmen scheinen, so wenig habe ich mich angenommen."

Bruno und die Relativierung auf das vermeintlich nicht Machbare.

„Vielen Dank für die Hilfe zur Selbsthilfe", ruft er, hinter seinem Ordner hervorlugend und ordnet alle Blätter wieder ordentlich ein. Wie es sich gehört, wenn man glaubt, damit das Chaos ordnen zu können.

Vieles fängt ach, so harmlos an

„Vieles in unser aller Leben fängt oft ach, so harmlos oder schmutzig an", behauptet Bruno. „Vor allem unser Leben selbst. Irgendwann beginnen die Höhen ein wenig höher zu werden und die ersten Tiefen ein wenig tiefer. Jedes Individuum erlebt es für sich, und jedes Individuum erlebt es anders."

In Brunos Leben gibt es nur sehr wenige Männerfreundschaften, die über das männerbekannte Säufertreffen in Kneipen oder die gemeinsamen Angelausflüge hinausgehen. Ihm liegen die Gespräche mit Frauen viel näher als die mit jenen, meist selbstbeweihräuchernden Sprachsterotypen von Geschlechtsgenossen, die tatsächlich immer noch glauben, wegen ihres gegenüber Frauen größeren Gehirns, auch mehr Grips darin speichern zu können.

„Dieser Glaube", meint Bruno, „nimmt allerdings in einem Männergehirn so dermaßen viel Platz ein, dass nur wenig Raum für Intelligenz bleibt."

Allerdings, das muss er eingestehen, reicht dieses Manko gerade eben noch aus, entweder wie ein Donald amerikanischer Präsident oder – wenn's auch dazu einmal nicht reichen sollte – wenigstens dumpfbackiger Hetzer gegen Flüchtlinge im Allgemeinen zu werden.

„Dumpfbacken sind Geschichtsleugner", ist Bruno überzeugt. „Sie haben so wenig Hirnmasse, dass sie aus der Geschichte überhaupt nicht lernen können. Sie begreifen nichts."

Mit der Zeit haben sich Geschichten angehäuft. Auch bei Bruno. Dabei ist und bleibt er nur und ausdrücklich einer von vielen Stellvertretern seiner Generation. Er besitzt nicht per se ein Alleinstellungsmerkmal. Es gibt sie, die anderen, immer noch schweigenden Vertreter dieser Nachkriegsgeneration. Und es gibt jene, die andere Schicksale erlebt und erlitten haben. Menschen, von denen sich Körperteile getrennt hatten, Querschnittsgelähmte, Blinde und so viele andere, die an körperlichen und seelischen Leiden tragen. Indoktrinierte Kriegskinder und als Kanonenfutter endende junge Menschlein. Flüchtlinge aus Kriegsgebieten, die eine unsägliche EU-Politik einfach ersaufen lässt, anstatt ihnen zu helfen. Menschen aus Ländern, die seit Jahrhunderten von Europäern ausgebeutet und in dem anschließenden Elend alleingelassen worden sind. Damals wie heute. Ein Zynismus, der schon beim reinen Zusehen schmerzt. Das alles weiß Bruno.

Was ihn nach wie vor aufbringt, sind in der Hauptsache Ungerechtigkeiten an „Menschen, die am unteren Ende der sozialen Skala leben." Zusehens hatte sich auch sein Alkoholkonsum verändert – und damit leider auch er.

Ja! Er konnte seine Tränen nicht unterdrücken. Bei Filmen oder filmischen Dokumentationen über leidende Menschen in einem Krieg oder über ausgebeutete Menschen in den benachteiligten Regionen dieser Welt, bei Reportagen über die Nazizeit oder den Bildern verstümmelter Menschen aus der Zeit des Ersten und des Zweiten Weltkrieges. Manchmal weint er bei gewissen Musikstücken oder auch nur beim Hören der Stimme einer Sängerin wie Melani mit „Ruby Tuesday" oder Kate Bush mit „Running Up That Hill", „Hounds of Love"[8] und überhaupt. Auch männliche Sänger gehörten dazu, wenn die Texte dazu anregten. Udo Lindenberg, Herbert Grönemeyer, Konstantin Wecker. Für gewöhnlich hält Bruno solche Emotionen unter Verschluss, sorgsam eingebettet in seinem inneren Safe.

Keiner ahnt auch nur, ob er den Schlüssel weggeworfen oder ihn verloren hat. Er gibt seinen Emotionen gewöhnlich nur nach, wenn er allein ist, wenn er sich zurückgezogen hat.

Sollte sich allerdings in solchen Situationen ein Familienmitglied in sein Zimmer verlaufen, wischt er möglichst schnell seine Tränen weg.

Indianerherz kennt keinen Schmerz!

Nur in seinem Alleinsein fühlt er sich unverletzlich.

„Ich fühle mich nicht einsam", sagt er. „Ich bin halt gerne allein."

Wer will, kann es als Argument durchgehen lassen.

Das Gedankenrennen

Bruno ist irgendwie traurig. Glaubt er, obwohl er es fühlt, also weiß. In seinem Kopf gehen die Gedanken spazieren. Spazieren? Nein. Die meisten von ihnen scheinen einen Hundertmeterlauf absolvieren zu wollen. Einige haben leider den Startschuss verpennt und schlendern, statt zu rennen.

Der Boden unter Brunos Füßen gibt nach.

Die Lasten werden schwerer und schwerer und ...

„Meine Sehnsucht wird immer größer, größer …"

„Welche Sehnsucht?" ruft ein Gedanke aus der ersten Reihe hinter der Bande am Geläuf.

„Sein Selbstwertgefühl furzt nicht einmal mehr", schallt es von der Bahn zurück. Ein Lachen folgt.

„Verdauungsprobleme?"

„Er steht mit dem Rücken zur Wand" ruft ein dahinschlendernder Gedanke.

„Wie kann jemand mit dem Rücken zur Wand stehen, wenn er sich am Gebälk der Absperrung festhält?"

Ob dieser Logik bleiben vernünftige Antworten logischerweise aus.

Alle heimlichen Sehnsüchte auf einen geliebten Menschen lösen sich in Brunos Magensäure auf. Der Stuhlgang wird verweigert.

„Also doch Verdauungsprobleme!"

An die Frau seiner Sehnsucht zu glauben, ohne sich selbst zu vergessen, ohne sich selbst zu verlieren.

Paralysiert sieht Bruno auf Frauen hinter der Bande am Geläuf und sehnt sich nach deren Liebe.

„Frauen lieben keine menschlichen Statuen."

„Ich bin eine Statue? Bewegungslos?", geht es durch Brunos Kopf.

„Dummes Zeug", ruft ein Gedanke vom Geläuf im Vorüberrennen. „Du bist keine Statue! – Du bist ein Torso. – Dir fehlt der Kopf, und dein Herz liegt in versteinerter Brust. Armes Schwein."

Frauen lieben keine halbzertrümmerten Torsi.

Nur Brunos Augen schauen noch auf ein Ziel, das nicht erkennbar ist. Das sich nicht erkenntlich zeigt.

„Wenn ich etwas nicht erkenne, ist es dann dennoch ein Ziel?"

„Nächste Frage", tönt ein nächster Gedanke vom naheliegenden Geläuf.

Und die Träume in Brunos Kopf formen Bilder, ganze Filme.

„Agfa-Color oder Kodak-Color?"

"Weiß ich nicht", antwortet Bruno. „Sie bewegen sich. Und sie paralysieren mich."

Gescheitert. Immer wieder gescheitert. Immer wieder. Weder klüger geworden, noch neue Muster gefunden.

„Ich hab' doch gesucht", behauptet Bruno.

„Geh' mal davon aus, dass du nicht genug gesucht hast. Finden wäre übrigens besser gewesen. Weniger anstrengend."

„Bin ich am Ende am Ende? - Soll ich Durchatmen? Soll ich mich von der Wand abstoßen?"

„Aber hallo", kommt es von der Rennbahn. „Um welche Wand handelt es sich?"

Keine Antwort. Glückliche Zeiten, denkt Bruno, damals ... Gedanken, Erinnerungen ...

„Ich kann nicht einmal Schritt halten."

„Wen kümmert das? Scheiß auf dein Selbstmitleid."

„Ist die Welt außer sich? Bin ich außer mir?"

„Außer mir ist hier keiner", dröhnt ein Gedanke in roten Laufschuhen und lacht.

„Du Witzbold", antwortet Bruno. „Ich will wissen: Was will ich? – Vielleicht ein Ziel erreichen wollen, ohne den Weg gegangen zu sein. Wäre doch ‚ne schöne Option."

„Erst einmal ein Ziel definieren, du Blubberkopf. – Und dann: Finden! - Etwas finden, ohne gesucht zu haben."

Bruno schüttelt den Kopf. „Aber wie soll ich etwas finden, wenn ich nicht danach suche?"

Der Gedanke, der das Wort vom Finden in die Welt posaunt hat, hat indes sein flüchtiges Spiel ausgebremst und steht nun vor Bruno hinter der Absperrung.

„Junge", sagt er mit bedauerndem Blick, „weil mit jeder Suche Energie verbraucht wird, die dich schwächer macht. Und irgendwann hast du keine Kraft mehr und fällst erschöpft auf die Fresse. Was ist dann mit deiner Suche? Nix gefunden! Wenn du dazu noch großes Pech hast, liegst du tot vor dem Tor, worauf geschrieben steht: Tor zur Findung."

„Es heißt doch: Wer suchet, der findet."

„Wer sucht, sollte sich besser finden lassen. Gilt übrigens auch für die Suche nach Frauen. – Suchst du doch auch, oder? – Und? War eine dabei? – Um sich finden zu lassen, braucht man halt Geduld. Das kann man üben! Kostet nix – nur ein wenig Geduld. Und Erkenntnis kommt auch bei manchen von alleine – durch Erfahrung. Also, mein Freund: Geduld."

„Ach du klugscheißender Gedankenbrei", hakt Bruno wegwerfend ein. „Wo du schon dabei bist: Was eigentlich liegt zwischen Erfahrung und Erkenntnis?"

„Woher soll ich das wissen. Ich bin nur ein kleiner Gedanke. Was liegt dazwischen? Vielleicht Träume, die verfliegen. Oder Träume, die verflogen sind. Oder etwas, das du gegeben hast. Einfach weg. Weiteren Platz gemacht für eine große Leere. Wer weiß?"

Bruno atmet einmal kräftig durch, kratzt sich am Hinterkopf und gibt sich ein wenig kleinlaut.

„Wer gibt, der bekommt? War es ein Irrtum? - Prügel haben mich gelehrt zu nehmen. Pausenlos. Ohne Gegenwehr. Was hätte ich geben können?"

„Auf ein Neues, König Sisyphos. Was hat man dir immer wieder und gerne als Argument für Sanktionen aller Art gegeben: Wer nicht hören will, muss fühlen. Ziemlich doppeldeutig."

Der Gedanke stößt sich von der Absperrung ab und ruft Bruno zu: „Achtsamkeit, Bruno, Achtsamkeit. Der Boden unter deinen Füßen gibt sonst weiter nach."

Der Gedanke mischt sich wieder ins Rennen, kann aber nicht mehr verhindern, dass sie allesamt das Ziel verpassen. Es hätte ein Teamrennen sein sollen. Einige Gedanken waren schneller als der Schall, andere legten den Weltrekord nach einhundert Metern in Schutt und Asche, wiederum andere erreichten nicht einmal die Qualifikation. Und ganz am Ende? Gedanken, die sich geweigert hatten zu rennen. Sie spazierten stattdessen gemütlich über das Geläuf und grüßen Bruno freundlich. Der ignoriert den freundlichen Gruß und vergräbt deren Existenz in die hinterste Ecke seines Gehirns, dahin, wo die Abfallkörbe stehen. Bruno hat keine Zeit, sich mit der Entdeckung der Langsamkeit[9] zu beschäftigen. Seine Gedanken sollten schnell sein. Basta.

Demnächst wird es Tartanbahnen geben. Da werden die Gedanken schneller rennen können. Das gibt Hoffnung. Vielleicht.

Ein Gedanke löst sich aus der Gruppe der Spaziergänger und kommt auf Bruno zu.

„Man steckt halt nicht wirklich immer drin", sagt er, „in seinen Gedanken. Wir machen, was wir wollen."

„Soweit bin ich auch schon", erwidert Bruno.

Der neunmalkluge Gedanke fährt fort:

„Vielleicht gelegentlich einfach mal die Langsameren von uns beachten. Wenn in der Ruhe die Kraft liegen soll, könnte in der Langsamkeit möglicherweise die Erkenntnis früher zu bemerken sein. Ganz harmlos."

Ein Gedanke, der langsamen Schrittes auf Bruno zukommt, gibt zu bedenken:

„Prügel", lieber Bruno, „sind der Ausdruck großer Sprachlosigkeit. Tatkräftige Berührungen mittels eines Handwerkszeugs sind Ausdruck eines Gefühls der Ohnmacht des tatkräftig Austeilenden. – Kannst du ja mal drüber nachdenken."

„Soll ich das jetzt entschuldigen?"

„Nein", erwidert der Gedanke, „ich habe nichts von einer Entschuldigung gesagt. Ich habe nur vom Nachdenken gesprochen."

„Ach, so harmlos kann das sein?"

Zärtlichkeit ohne Rollenspiel

Mathäus Alt wartet vor dem Gerichtsgebäude auf seine Frau Kathrin. Er kommt gerade von einer Veranstaltung, in der eine Schriftstellerin geehrt worden ist. Mathäus hatte die Laudatio gehalten. Er ist aufgewühlt. Aus dem Buch, das er unter dem Arm hält, lugt sein Manuskript zur Laudatio hervor.

Eine halbe Stunde später als vorhergesagt kommt seine Frau aus dem Gebäude. Heute, das wusste Mathäus, musste Kathrin ein Urteil über einen prügelnden Mann fällen.

„Der Kerl", sagt Kathrin nach der Begrüßung, „hat Frau und Kinder malträtiert und ist immer noch davon überzeugt, es sei sein gutes Recht gewesen, seine Familie auf seine Art und Weise ‚auf Vordermann' zu bringen. Das hat er aus voller Überzeugung gesagt: Auf Vordermann bringen." Obwohl sie spricht, wirkt sie sprachlos.

Sie sieht ihrem Mann an, dass er aufgewühlt ist. Sie weiß auch, dass er seit Tagen an seiner Laudatio gearbeitet hat und immer wieder, fast fassungslos, über das Buch und die Schriftstellerin geredet hat. Sie weiß auch, dass er Ausschnitte seiner Rede vorab an einen Mann geschickt hat, der weder etwas mit Schriftstellerei noch mit irgendwelchen literarischen Kreisen zu tun hat. Sehr ungewöhnlich für Mathäus, der den Umgang mit Männern eher meidet als ihn sucht. Seit der Lektüre des Buches wirkte er verändert.

„Mir fällt erst heute auf, dass ich keine männlichen Freunde habe", hat er gesagt. Sehr nachdenklich hat er das gesagt.

„Ich habe nur männliche Bekannte, die ich bisher als Freunde bezeichnet habe. Bezeichnet."

Kathrin kennt natürlich die Mathäus-Geschichte, sie kennt seine soziale Herkunft, seinen beruflichen Werdegang. Mathäus ist ein liebenswerter Mensch, sensibel, gebildet, sprachgewandt. Aber seit Wochen läuft er grüblerisch, ja teilweise paralysiert durchs Haus. Außerdem kam es bisher eher selten vor, dass er sie abholte.

„Lass' uns am Rhein spazieren gehen", sagt er nach der Begrüßung.

Es wird ein sehr kurzer Spaziergang. Es gibt reichlich Sitzgelegenheiten am großen Fluss.

Mathäus zieht einen Brief aus seiner Jackentasche.

Er markiert mit dem Finger den ersten Satz und Kathrin liest:

"Zärtlichkeit ohne das Rollenspiel der Begierde, hast Du geschrieben."

Kathrin lächelt. „Schöner Satz", sagt sie. „Ein weicher Satz, geschrieben und mit hartem Anschlag in eine grüne, mechanische Olympia-Schreibmaschine eingehämmert. Der Anschlag sieht zumindest so aus."

Sie nimmt das Blatt und liest weiter.

„Es ist das, was in dieser Gesellschaft zu wenig oder kaum noch möglich ist. Es ist das, was uns alle weicher machen würde, sensibler, offener und damit angstfreier gegenüber anderen. Wir alle brauchen viel mehr Männer, die ihren ehrlichen, aber verschütteten Gefühlen vertrauen. In meinem prügelnden Vater habe ich immer nach einem Zipfelchen Wärme gesucht. Wärme, in der ich Verständnis und Aufmunterung, Stütze und Liebe vermutete. Trotz all meiner hoffnungsvollen Bemühungen habe ich diesen Zipfel bei meinem Vater nicht entdecken dürfen. Das eingegebene ‚Programm‘ hieß (und heißt es heute noch viel zu oft): ‚Suchen‘. Finden wurde bereits im Vorfeld mit Sanktionen belegt und prügelnd ins Programm codiert."

Kathrin wendet sich Mathäus zu.

„Die Gesellschaft lässt so etwas zu. Und als Richterin muss ich mich an die gesetzlichen Vorgaben halten. Wenn ich dürfte, wie ich wollte..."

Kurz schaut sie auf den Strom vor ihren Augen. Liegt da etwa ein Ausdruck von Resignation in ihrem Blick?

Mathäus nimmt den Brief wieder an sich und liest weiter.

„Mich selbst hielt die Hoffnung auf den Zipfel Wärme immer ‚in Bewegung‘ und im gleichen Maße auch zurück. Sie krallte sich an den Frauen und der Frauenbewegung fest und überforderte sowohl meine Freundinnen als auch mich. Von Männern hatte ich ja wohl keine Wärme mehr zu erwarten. Sie waren besetzt durch meine distanzierenden Fixierungen. Es sind immer noch all jene, die mit ihrer vermeintlichen aber ebenso penetranten ‚Stärke des Geistes‘ oder mit der geballten Faust die an ihnen vollzogene ‚Erzüchtigung‘ weitergeben.

Wechselbäder der Gefühle. Wechselbäder, die mich irritieren.

Das, was Du, Mathäus, mit dem Ausdruck Deiner Wärme gegenüber anderen verhinderst, ist die ‚typische‘ Distanz von Männern untereinander und wohl auch die Distanz, die anstelle von ehrlicher Zärtlichkeit gegenüber Frauen immer das ‚Rollenspiel der Begierde‘ setzen muss, um Zärtlichkeit nicht als unseren wahren Wunsch nach menschlicher Nähe zu entlarven."

Ein junges Paar schlendert an ihnen vorüber. Beide schauen auf den vorlesenden Mann auf der Bank.

„Sie schlendern durchs Leben", sagt er zu Kathrin gewandt. „Wie wir."

Er lehnt sich an die Lehne der Bank, nimmt den Brief in die Höhe, so, als läse er aus einer Zeitung.

„Ich habe", liest er vor, „mich immer gegen die aufgesetzten Distanzen von außen gewehrt, ohne allerdings meine eigene Distanz gegenüber dem Außen mit der gleichen Konsequenz aufgeben zu können. Wie oft stehen wir weit vor uns selbst und verteidigen unser Geheimnis vor anderen und gegen uns? Wie oft verleugnen wir vor uns und anderen unsere Gefühle, unsere Betroffenheit und Wärme? Warum haben wir eine so große Angst vor unseren Gefühlen? Mit großer Betroffenheit habe ich auch die Auszüge Deiner Laudatio auf Waltraud Anna Mitgutsch gelesen. Wer kann nachvollziehen, wie sehr mich Themen über prügelnde Demütigungen betroffen machen? Deine eigene Betroffenheit über das, was ‚Züchtigung'[10] beinhaltet und anrichtet, ist unüberhörbar. Nur derjenige, der selbst Prügel bezogen hat, kann vielleicht ermessen, welche Auswirkungen ‚Teppichklopfer' haben, welche unterdrückte Wut sie ein- und nicht ausgeklopft haben. ‚Ich konnte es mir nicht leisten, sie zu hassen, sie war der einzige Mensch, der mich liebte', hat Waltraud Anna Mitgutsch geschrieben.[11]

Ich konnte es mir nicht leisten, ihn zu hassen, er war der einzige Mensch, der mich liebte.

Es gibt auch andere penetrante Formen der Erniedrigung. Aber was die Züchtigung angeht: Es ist verdammt schwer, sich den Mut zu nehmen und zu sagen:

Du hast die Prügel nicht bekommen, weil du ein von Grund auf schlechter Mensch gewesen bist, sondern du warst nichts weiter, als der personifizierte Selbsthass des Prüglers. Selbst mit dieser Erkenntnis lassen sich die körperlichen und die seelischen Schmerzen nicht beiseiteschieben. Sie bleiben spürbar.

Was Du aus der ,Züchtigung' der Waltraud Anna Mitgutsch herausgefiltert hast, hat so viel mit Dir zu tun wie mit mir. Nachvollzogene Schmerzen. Beim Lesen jeden Schlag noch einmal physisch erleben. Das Zittern der unterdrückten Wut. Das zitternde Kinn und die bebenden Nasenflügel. Die mahlenden Zähne hinter fest verschlossenem Mund. Vielleicht auch die Tränen der mitgefühlten und der eigenen Wut.

,Die Züchtigung' ist der literarische Ausdruck dessen, was in uns hineingeprügelt worden ist. Es ist nicht leicht, ein großes und wichtiges Stück ,Trauerarbeit' vom Kopf in den Bauch zu verlagern. Auch aus Deiner Laudatio lese ich heraus, dass es sich lohnen muss, diese ,Arbeit' auf sich zu nehmen, auch dann, wenn all die Demütigungen und Schmerzen des ,privaten Kriegsschauplatzes' noch einmal erlebt werden müssen. Vielleicht ist es auch meine oder unser aller einzige Chance, wenigsten zu verstehen, ,was die Erniedrigten und Beleidigten zu den Erniedrigern und Beleidigern macht'. Vielleicht müssen all die Schmerzen und Demütigungen noch einmal durchlebt werden, um wenigstens diesen verdammten ,Kreislauf der Erniedrigung und Beleidigung' zu unterbrechen.

Aber es bleibt verdammt schwer, die eigene und die Verletzlichkeit anderer anzunehmen.

Für heute mache ich an dieser Stelle Schluss. Sonst reißt's mich ... Liebe Grüße."

Während Kathrin immer noch dasitzt und auf den Fluss schaut, nähert sich auf dem Schotterpfad vor ihnen eine ältere Dame mit einem Jungen. Mathäus faltet den Brief, verstaut ihn in seiner Jackentasche und richtet seinen Blick ebenfalls auf „Vater Rhein".

Der schmerzerfüllte Schrei des Jungen zieht beider Aufmerksamkeit auf sich. Da liegt er, mit blutender Nase im Staub des Weges.

„Sehe ich das richtig oder bin ich blind?"

In Mathäus' Stimme klingt Ungläubigkeit und gleichzeitige Empörung mit.

„Ich glaube", gibt Kathrin als Antwort zurück, „wir sind alle auf unser ureigene Weise blind."

„Das meine ich nicht", erwidert Mathäus und zeigt auf die Frau mit dem gefallenen Kind.

Einfach hingefallen

Mathäus muss gerade einmal kurz seine Gedanken zur Seite schieben und der Dame seine Meinung sagen, wenn's notwendig werden sollte, gerne auch erläutern.

Er springt auf, rennt mit dem Buch in der Hand auf die ältere Frau zu und schreit:

„Was machen Sie denn da?"

„Dat siehste doch, du Depp", gibt sie ebenfalls schreiend zurück, „dat Kind is auffe Fresse gefallen."

Das ist auch kein Wunder. Die gute Frau hatte dem kleinen, etwa drei- bis vierjährigen Jungen, einen Strick vom einen Handgelenk zum anderen befestigt und in der Mitte festgehalten. Eine Zügel, die zügeln soll. So die Bestimmung. Da der Strick immer schön straff gehalten wird, um ein eiliges Entlaufen dieses noch zu formenden Jungen schon im Keime zu ersticken, sind die Arme stets nach hinten gerichtet. Der Junge muss über einen Stein gestolpert sein. Die nette Dame, vermutlich die Großmutter, hat, möglicherweise vor Schreck, in jedem Falle aber vermittels gnadenloser Dämlichkeit, die Zügel schleifen lassen. Nun ist der Junge gestolpert und ist - ohne die Möglichkeit einer ärmlichen Abstützung - direkt aufs Gesicht gefallen.

Das Blut in seinem Gesicht stammt nicht allein von den Abschürfungen. Die beiden Schneidezähne finden sich auf dem Schotterweg wieder. Als Mathäus diese Bilder sieht, kommen sofort Erinnerungen an seine an ihm vollzogene Erziehung hoch. Schlimmer noch: Erinnerungen an seine eigene Domestizierung. Mathäus hasst solche Methoden. Nun rennt er aus zwei Gründen auf diese Frau zu. Zum einen, um dem Jungen zu helfen, sich aus dem Joch zu befreien, zum anderen, um dieser Frau mal so richtig die Meinung zu sagen, ihr zu sagen, was sie doch für eine dumme …

Ziege, wollte er sagen. Dazu kam es aber nicht mehr.

Als er auf sie zu rennt, schreit die Frau um Hilfe und bittet um Feuer: „Hilfe! Hilfe! Überfall! Feuer!"

Sie hatte das letzte Ausrufezeichen noch gar nicht ganz in die Welt gestanzt, als auch schon ein junger kräftiger Mann von seinem Fahrrad springt und Mathäus sogleich zwei gut platzierte Faustschläge ins Gesicht verpasst.

Sein vager Ansatz zu einem klärenden Gespräch, was das solle, verhallt ungehört über dem vor sich hinströmenden Vater Rhein. Der boxende Radfahrer hat sich gleich nach der großmütterlichen Bedankung wieder auf sein Rad geschwungen und seine Tour fortgesetzt. Ihm tat es die Dame gleich. Sie zieht den blutenden Jungen am Strick hoch, fährt ihm mit einem von ihr bespuckten Taschentuch übers Gesicht, wendet sich kurz dem am Boden sitzenden Moralisten zu, zischt ihm ein „Arschloch!" an die Ohren und zieht, den Jungen hinter sich herschleppend, von dannen.

Mathäus blutet aus Nase und Mund. Der erste Schlag hatte bereits bedingt gesessen, der zweite hingegen sofort. Er sitzt auf dem Schotter, nur wenige Meter vom Ufer entfernt und tastet herum.

„Wo ist mein Buch?"

Er tastet herum und bemerkt, dass er auf dem von ihm Gesuchten sitzt. Er zieht es hervor und atmet auf. Das Buch ist heile geblieben. Das war das Wichtigste in diesen grausamen Minuten der Hilflosigkeit. Der Einband hatte bei dem Gerangel ein wenig die Fassung verloren. Mathäus muss beim Versuch der Abwehr seinen Arm mitsamt dem Buch hochgerissen haben, und der davongeradelte Schurke auf seiner Tour, hatte ihm beides, Arm mit Buch, zunächst ins Gesicht geschlagen, bevor ihn der zweite Schlag zu Boden und in eine kurze Ohnmacht befördert hatte. Das Blut, das sich über die obere Kante des Buches ins Papier hat saugen lassen, war nicht schön anzusehen, aber, so kommt es Mathäus vor:

Immer noch besser als durchweicht.

Kathrin eilt ihrem Mann zu Hilfe.

„Das ist Körperverletzung", sagt sie aufgebracht.

Neben dem Buch hat Mathäus derweil auch seinen Humor wiedergefunden.

„Ach, so harmlos ist der Schmerz in meinem Gesicht. Ich spür' ihn kaum. – Wie muss der Junge leiden?"

Es selbst nicht wagen

Nur wenige Tage später gibt Mathäus eine Antwort auf den Brief seines Bekannten – oder Freundes, das war ihm noch nicht wirklich klar. Geschrieben auf einer Adler-Schreibmaschine. Das waren noch jene längst vergangenen Zeiten, in denen Briefe per Post versendet und mittels Postkutsche den Adressaten zugestellt wurden. Es waren jene Zeiten, in denen manche Menschen sogar noch Füller zur Hand nahmen. Es waren jene altertümlichen Zeiten, in denen Menschen überhaupt noch schreiben konnten. Nicht nur ihren Namen.

„Mein Lieber,
ich habe in meinem Leben noch nie einen so schönen Brief von einem Mann bekommen wie den von Dir. Ich war bewegt und sitze auch jetzt noch etwas betäubt vor glücklich sein an meinem Schreibtisch, während sich draußen ein Unwetter zusammenballt [sic] und mein Gesicht einige blaue Flecken mit sich herumträgt. Dazu vielleicht später mehr.
Du hast Dich so radikal ehrlich geöffnet und dabei Gedanken und Empfindungen geäußert, die ich bis in die Nuance gleich in mir habe, dass es mich gepackt hat und förmlich in mir explodieren wollte. Auch ich spüre den Panzer der Männerrolle, die seelische und körperliche Distanz zwischen uns Männern, die hilflosen Rituale, die intellektuellen Imponierspiele und das heulende Elend tief drinnen - und die immer stärker werdende Sehnsucht, das alles einmal, endlich und für immer über Bord zu schmeißen. Offenheit, Verletzlichkeit, Schmerz und unbändiges Glück zuzulassen und endlich das richtige ABC der Liebe zu lernen: nicht

mehr den Geschlechterschematismus (mit seiner einseitig sexuellen Pointierung der Zärtlichkeit), sondern das Glück, das sich Menschen bereiten können. Nämlich dann, wenn sie Erschütterung, Neugier, Respekt und Sehnsucht zusammenführt.

Lieber Bruno, ich wundere mich immer wieder, warum ich das bei Männern nicht finde. Ich glaube, die Lösung des Rätsels ist einfach: weil ich selbst es nicht wage. Dabei sehne ich mich seit vielen Jahren nach einem Freund.

Du schreibst von Angst. Du hast so Recht. Wir stecken voller Ängste. Ich stecke voller Ängste. Und voller Einsamkeit, die ich so schwer aushalte. Dass es andere Menschen gibt, die mich mögen könnten, will mir nicht in den Kopf. Dass ich nichts bekomme, wenn ich nicht aus mir herausgehe, will mir ebenso schwer in den Kopf. Warum machen wir es uns so schwer? Und dann wieder die Mutlosigkeit im Alltag. Die Flucht in die Bücher. In die Klugschnackerei. Ach, Lieber, Du, wie gut tut's mir, mir das vom Herzen zu schreiben und es Dich wissen zu lassen. Dein Brief wärmt mich. Was für ein Geschenk! Ich muss Dich sehen. Ich rufe Dich an. Inzwischen nehme ich Dich fest in die Arme.

Ach, wie schön könnte das Leben sein.

Mathäus"

Ein Hamster läuft im Hamsterrad

„Wie ich dich erlebe", sagt Mathäus und sieht Bruno an. Seine Augen sind feucht. „Unglaublich, wie genau du bei Menschen hinschaust …"

„Verteidigungsstrategie", unterbricht Bruno.

„Das mag ja sein, aber dein Fragestil, dieses Hinterfragen, deine Resultate am Ende. All das würde ich auch gerne können wollen."

„Ach", unterbricht Bruno, „so harmlos und erstrebenswert ist das nun auch wieder nicht. Du bist Gefangener deiner selbst. Wer will das? Vielleicht kann ich sehr gut sehen und spüren, wo andere stehen. Vielleicht kann ich spüren, ob sie ‚gut' sind oder nur 'Schaumschläger'. Das hört sich sehr subjektiv an. – Und es ist auch so. – Hat aber mit meinem Leben zu tun. Und mein Leben war bisher und wird es weiter sein: subjektiv. Das hat kein Außenstehender erlebt. Jeder lebt und erlebt für sich allein."

Er lacht. „Jeder stirbt ja auch für sich allein."

Mit theatralischer Gestik begleitet er die nächsten Worte.

„Und siehe, mein Freund, auch ich kann nicht sehen und spüren, ob das, was mir Menschen übermitteln, die irgendeinen ‚Glauben' an mich oder ein ‚gutes Gefühl' zu mir haben, ehrlich gemeint ist oder nicht. Auch das: subjektiv."

„Darf ich deine Art der Beobachtung nicht lobenswert finden?" fragt Mathäus ein wenig irritiert nach.

„Wer mich lobt, will mich doch nur ausnutzen für seine hinterhältigen Zwecke, die ich augenblicklich - leider! - noch nicht kenne. - Wo und was ist mein Maßstab für den Glauben an Ehrlichkeit, die sich auf meine

Person, meine Leistung, meine eigene Ehrlichkeit und - vielleicht! - auf meine Menschlichkeit bezieht?

Weshalb sollte ich auf einmal Menschen glauben, die mir sagen: Es ist mehr als genug, was du getan hast. Es ist mehr, als wir von dir erwartet haben! - Da kann ja etwas nicht stimmen!"

„Das Gefühl hatte ich früher zu Hause. Mein Elternhaus war ein bürgerliches. Beide Ärzte. Auch ich sollte Arzt werden. Was bin ich geworden: Literaturwissenschaftler. Ein Bücherwurm sei ich, haben meine Eltern verächtlich gesagt, jemand, der die Wirklichkeit nicht sehen wolle. Sie haben mich nicht verprügelt, nein, aber sie haben mir auch keine Wärme gegeben, auch keine körperliche. - Ich habe gelernt, dass ich nie etwas richtig mache."

„Und du denkst bis heute: Weshalb sollte das plötzlich anders sein?" fügt Bruno ein. „Wie hat mein Vater immer gesagt? Das kann noch besser werden."

„Für meine Eltern stand immer fest: Es gibt keinen besseren Beruf als den des Arztes, der Ärztin. Sie meinten wohl: Es gibt keine angesehenere Berufsgruppe als die der Mediziner. Sie wollten etwas gelten, etwas darstellen in dieser Gesellschaft. Was war dagegen die Literatur? Nicht einmal ein Vogelschiss."

Mathäus steht auf, holt eine Flasche Rotwein aus dem Schrank, füllt die Gläser auf und wischt sich verstohlen eine vorwitzige Träne aus dem rechten Auge.

Bruno tut so, als habe er das nicht bemerkt.

„Mein Vater! Ein einfacher Mensch, ein Mensch vom Lande. Aus einer Gegend, mit Menschen bevölkert, die wohl heutzutage noch tagsüber per Rauchzeichen kommunizieren und in der Nacht mit Trommeln. Auf dem Land, hat mir mal meine Großmutter gesagt, auf dem Land brauche man keine Bücher. Auf dem Land müsse man arbeiten. Mein Vater war halt in diesem Milieu und der mittelalterlichen Sichtweise groß geworden. Er war so wissbegierig, so von einer Schulausbildung überzeugt, dass er in der achtjährigen, aber einzügigen Volksschule gerne zwei Klassen wiederholt hat. Freiwillig. Das hat er behauptet und dabei keine Miene verzogen. Sein freiwilliger Einzug in die Wehrmacht, die bereits in ihren letzten Zügen lag, bevor die Alliierten die Normandie bevölkerten, musste ihm vielleicht vorgekommen sein wie die Erlösung vom Lernen und der aufkeimenden Vorfreude darauf, endlich herauszukommen aus der Enge seines Dorfes und stattdessen die weite Welt kennenzulernen."

Bruno greift sein Rotweinglas und trinkt einen großen Schluck. Er weiß, dass es in bürgerlichen Kreisen keinen guten Eindruck hinterlässt, wenn der Wein gesoffen wird wie Bier. Er weiß es wohl, aber es ist ihm scheißegal. Er setzt das Glas ab.

„Was wollen also diese Menschen von mir? Wo liegt der Haken in ihrer vermeintlichen Freundlichkeit? Sind sie falsch programmiert? Ich weiß: Diese Schlussfolgerung ist einfach und kostet vermeintlich keine Arbeit, keine Kraft. Und ich weiß: Welch ein Irrtum!"

„Du vertraust keinem?" Mathäus wirkt ein wenig geschockt.

„Doch, doch", erwidert Bruno, „es sind nicht viele. Meinem Opa habe ich vertraut - und Schalli."

Mathäus sieht ihn erstaunt an. „Wer ist Schalli?"
„Mein verehrter Lieblingsprofessor. Der Einzige, dem ich vertraut habe mit dem, was er von mir hielt und über mich gesagt hat. Ein Vater, wie ich ihn mir gewünscht hätte. Ein wirklicher Vater!"

„Hast du noch Kontakt zu ihm?"

„Das ist schlechterdings nicht möglich. Er ist leider viel zu früh verstorben. Plötzlich, ohne Vorwarnung. Ich war unendlich traurig. Und das bin ich heute noch, wenn ich an ihn denke. Ich denke oft an ihn. Für mich ist es der größte Verlust in meinem bisherigen Leben. In meinem Inneren klafft seitdem ein Krater wie nach einem Meteoriteneinschlag. Sein Tod hat mich monatelang aus der Bahn geworfen. Nicht so der Tod meiner Mutter."

Mathäus hat den Ausführungen Brunos mit geöffnetem Mund zugehört.

„Manchmal denke ich", sagt er nachdenklich, „das Leben ist Schicksal. Manchmal denke ich: Das Leben ist komisch, ach, so harmlos und dennoch ach, so schmutzig ..."

„Was mag der Goldhamster in der Laufrolle über sein Leben denken?" fügt Bruno ein. „Laufen ohne Ziel, laufen um des Laufens willen?"

„Oder", fügt Mathäus an, „Weglaufen! Im Laufrad gefangen und weglaufen wollen. – Wollen und nicht können."

„Angenommen, es stimmt etwas in unserem Ansatz nicht, müssen wir dann völlig verzweifeln?"

„Nee", erwidert Mathäus, „müssen wir nicht, sollten wir nicht."

Das Leben kann auch schön sein

Immer wieder hatte sich Bruno mit den Themen Prügel, Erniedrigung, Demütigungen auseinandergesetzt und darüber Tagebuch geführt. Seine Tagebuchaufzeichnungen sind für ihn die unausgesprochenen Gedanken, die er sonst niemandem mitteilt. Einen seiner Texte zu diesem „Komplex", wie er es formulierte, hat er irgendwann im Jahr 2012 geschrieben, zu einer Zeit, wo er seit gut drei Jahren dem Alkohol hat abschwören müssen. Seine Gedanken haben durchaus etwas mit den Schuldgefühlen seinen Kindern gegenüber zu tun. Nein, er hatte sie nie geschlagen. Er hat sie mit seinem „bösen Blick" in Angst und Schrecken versetzt. Sagen seine Kinder heute.

„Jegliche Form von Prügeln landen auf der körperlichen Hülle und setzen sich fest als Demütigungen bei demjenigen, der geprügelt wurde. Argumente von Geprügelten, es habe ja letztlich nichts geschadet oder ‚ich wurde nur geschlagen, wenn ich etwas Schlimmes ausgefressen hatte – und dann zu Recht', sind nichts weiter als Verdrängung durch Verniedlichung der Demütigung. Verniedlichtes macht klein, unscheinbar, Verharmlosendes. Verniedlichung zerkleinert bis zur vermeintlichen Unkenntlichkeit. Nichts mehr, worüber nachzudenken sich lohnt. Nichts mehr, worüber nachzufühlen sich lohnt. Das Leben kann auch schön sein. Vor allem, wenn man weder nachdenkt noch reflektiert. Oder gar beides ignoriert."

„Ist es wirklich so?" hakt Mathäus ein. „Ist das Leben schön, wenn man sich seiner Unsicherheit, seiner Ängste nicht bewusst ist, sie sich nicht bewusst macht oder machen will, obwohl sie ständig präsent sind? Und obgleich Unsicherheit und Angst präsent sind, will ich sie nicht wahrhaben?"

„So bin ich halt", unterbricht Bruno. „Ihr müsst mich so nehmen, wie ich bin, basta! Und obgleich mein Gegenüber vermutlich ähnliche Unsicherheiten und Ängste hat wie ich selbst, spürt es, das Gegenüber, meine Unsicherheit und meine Angst vor weiteren Verletzungen, Demütigungen, ohne es als solche benennen zu können. Das Gegenüber reagiert mit seinen Verletzungen auf meine Verletzbarkeit, und umgekehrt reagiere ich auf die Verletzbarkeit meines Gegenübers mit meiner Verletztheit. Wie verwundete Tiere belauern wir einander. Die Verwundungen sind unterschiedlich, an anderen Stellen, zu einer anderen Zeit erlitten."

Kurzes allgemeines Schweigen. Bruno zündet sich eine Zigarette an.

„Menschen in Habacht-Stellung vor einander. Eine Gesellschaft in permanenter Lauerstellung, fast schon in Erwartung des nächsten verletzenden, des demütigenden Angriffs. Angst will verteidigen. Angst macht aggressiv, den einen schneller als den anderen. Die einen warten auf die nächste Erniedrigung, die anderen verteidigen schon, bevor es überhaupt zu einer Erniedrigung kommen kann oder überhaupt kommen wird. Unsere Schicksale sind nicht gleich, nicht einmal die Umgebung, in denen sie sich ereignen. Selbst wenn zwei Menschen dicht nebeneinanderstehen und nächtens den Mond anschauen, sehen sie nicht das Gleiche. Natürlich! Sie sehen beide den Mond. Aber sie sehen ihn aus zwei verschiedenen Perspektiven, also mit je anderem Blickwinkel zum beobachteten Objekt.

So wenig, wie es möglich ist, in einen anderen Menschen hinzukriechen, um sich in die Lage zu versetzen, aus einer dann möglicherweise völlig gleichen Perspektive ein und dasselbe Bild zu sehen, so wenig ist es möglich, dass ein verletzter Mensch einem anderen verletzten Menschen nahelegen kann, dessen Erfahrungen und den eigenen Verletzungen zugunsten der Erfahrungen und Verletzungen des Gegenüberstehenden abzulegen. Daraus entsteht dann allenfalls das verallgemeinerte Totschlagargument: Männer und Frauen verstehen sich halt nicht."

„Müssen sie auch nicht, fügt Mathäus an. „Es würde ja bereits reichen, wenn sie sich gegenseitig so tolerieren könnten, wie sie jeweils sind. Mit ihrer jeweils völlig anderen Sozialisation, mit ihrer anderen Denkweise, mit ihrer unterschiedlichen Empathie. Zu Beginn einer Beziehung scheint man ja das am anderen zu lieben, was man selbst nur spärlich oder gar nicht hat. Selbst die unterschiedlichsten Lesegewohnheiten können ja bereichernd sein. Wenn man sich zudem noch zuhören kann."

„Mag ja sein", erwidert Bruno. „Je größer allerdings die Schnittmenge von Interessen und/oder Herangehensweisen ist, desto schneller wird es auch langweilig in der Beziehung. Gemeinsame Kinder als gemeinsames Dauerthema hilft da meines Erachtens auch nicht wirklich, eine Beziehung spannend und humorvoll zu halten."

Die Zigarettenglut neigt sich dem Ende zu.

Rechnungen begleichen

Für die innere Entspannung schließt Bruno die Augen und sogleich erscheint ihm dieses Bild, was sich von Beginn an immer dann einstellt, sobald er die Augen für das Training beim Therapeuten schließt.

„Was sehen Sie", fragt der Therapeut.

Er, Bruno, säße auf einem Bergrücken in nahezu völliger Dunkelheit und schaue über ein Tal, das er mehr erahne als er es wirklich erblicken könne.

Das für ihn noch neue Gefühl der körperlichen Schwere lässt ihn dieses Bild noch nicht als so bedrückend erscheinen, im Gegenteil: Anfangs kann er seine Übungen noch bis zu einer Stunde ausdehnen. Erst später, als er sich ein Wärmegefühl im Körper vorstellen will, glaubt er auch, sich ein anderes Bild vorstellen zu müssen. Er wünscht sich, auf einer ruhigen Bergwiese zu liegen und sich von der Sonne bescheinen zu lassen. Dieses Bild läuft ihm jedoch immer wieder aus dem inneren Projektor. Er schweift ab zu seinem ersten Bild, ohne sich auch nur den geringsten Gedanken darüber zu machen, welche Bedeutung dies haben könnte. Seine Übungszeit wird kürzer und kürzer. Ihm fällt auf, dass er große Schwierigkeiten hat, sich körperliche Wärme vorzustellen. Er weiß nicht, wie das ist. Glaubt er. Sicher ist er nicht. Glauben ist nicht Wissen, das weiß er wohl. Er kennt diese Unsicherheit, die zwischen Glauben und Wissen liegt. Wenn ich etwas nicht weiß, muss ich dann wenigstens daran glauben, dass ich es nicht weiß? Ist das zwingend? Nein, sagt er sich, irgendein Glaube bringt mich keinen Schritt weiter. Eher scheint es ihm so, als gäbe es immer einen Weg, aus Nicht-Wissen Wissen zu generieren. Das Problem sei nur, den Einstieg in diesen Weg zu finden.

Etwas anderes fällt ihm auf. Er hat das Gefühl, tiefer fallen zu können, als er es sich offensichtlich bisher erlaubte. Nur: Er lässt es nicht zu. Sein Körper lässt es nicht zu. Das Gefühl hinterlässt bei ihm dennoch einen sehr positiven Eindruck, so, als ersehne er diese Hingabe. Könnte es zu einer Aufgabe werden, dahin zu kommen?

Er interpretiert seine Bilderflucht als Flucht ins Allgemeine. Deutet sich hier ein Fortschritt an? Denn gerade dieses Bewusstsein lässt sein Herz schneller und schneller schlagen. Bruno weiß bereits jetzt, dass er sich tagelang davongestohlen hatte, indem er zu verdrängen suchte. Er blieb einfach sitzen. Steif und einen Punkt auf dem gegenüberliegenden Berg fixierend. Er wagte nicht, den Blick in die Helligkeit zu richten und doch nahm er sie wahr. Paradox.

Diese Bilder im Kopf entsprechen seiner Situation. Er sitzt im Dunkel und ahnt die Helligkeit. Nur: Er weiß nicht, wie er ins Licht gelangen könnte.

Ein unerwartetes Klingeln an seiner Wohnungstür erschreckt ihn. Sein Herzschlag geht sogleich schneller, so, als stehe irgendjemand vor der Tür seines Inneren und wolle hinein.

Seine Abkapslung, dieses im Dunkelstehen, soll ein Ende haben. Um sich wenigstens in seinen Träumen bemerkbar zu machen, lässt er keine Gelegenheit aus. Er schläft zu schnell ein und zu tief weg. Verdrängungsschlaf.

Sein Unterbewusstsein will endlich ausstehende Rechnungen eintreiben.

In der Kopfhöhle

Stiche im Kopf, flackernde Augäpfel hinter geschlossenen Lidern. In der Dunkelheit suchen. Höchste Anspannung hinter zusammengezogenen Augenbrauen. Die steile Falte auf der Stirn.

In der Höhle sein. Im Kopf sein. In der Kopfhöhle sein.

Bruno hat sich in seine Höhle zurückgezogen und den Ausgang versperrt.

Was wollen diese Stiche andeuten? Worauf weisen sie hin?

Sie weisen auf den verbarrikadierten Ausgang, den er nicht sähe, weil er mit dem Rücken zu ihm stehe, sagt er.

Sie piesacken ihn, machen ihn traurig und wütend. Seine Zähne mahlen die Wut klein.

Hat er in den letzten Wochen zu viel Nähe erlebt? Hat er zu viel Nähe zugelassen und nicht bemerkt, dass er wieder dabei ist, sich selbst zu vergessen? Sucht er jetzt wieder die Abgrenzung in der Flucht? Weglaufen und dichtmachen. Sich in der Höhle verschanzen, in seiner Höhle verbarrikadieren. Alleinsein, keine Bedürfnisse nach Liebe und Zärtlichkeit anderer zulassen? Nicht eingehen wollen auf Gespräche?

Was ist Liebe? Ist es, die anderen zu lassen wie sie sind oder: Wie sie sich geben? Ist es die vom Kopf ungehemmt ausgelebte Sexualität zweier Menschen miteinander? Ist es diese Sexualität, die vieles von dem überdeckt, das ihn jetzt in seine Höhle flüchten lässt?

„Ja!" sagt er und noch einmal: „Ja!"

Aber es frage ihn keiner, was es denn sei!

„Ich weiß es nicht!" Er scheint etwas zu ahnen, aber er weiß es nicht!

Oder doch? Er weiß, dass er nicht wissen will - oder es nicht wissen wollen kann.

Aber es zerdrückt ihn bis zum Zerplatzen!

Alles oder gar nichts!

Keine Halbheiten!

Er will keine Halbheiten! Er weiß nicht, wie das Ganze aussieht, will aber keine Halbheiten.

Es ist irgendetwas, das ihn aufmerksam, ihn skeptisch macht.

Ist es Liebe? - Vielleicht!

Sexualität ist da, aber ist Liebe nicht etwas ganz und gar anderes?

Sexualität ist das, was viele Frauen an ihm zu lieben scheinen, sie ist das, worin sie sich selber wiederfinden. Sagen sie - und übergeben ihm dafür den Schlüsseldienst für eine Verantwortung, die nicht die seine ist. Es ist immer auch ihre eigene Lust, ihre eigene Sexualität, die sie entdeckt zu haben scheinen.

Was ist mit Brunos Sexualität?

"Gute Sexualität ist das eine, Liebe ist das andere?"

Aber was?

Bruno will nicht mehr eingehen müssen auf die "Besonderheiten" einer anderen Person, nur, weil sie glaubt, irgendetwas "Wichtiges" für sich erledigen oder erfahren zu müssen.

Er will Klarheit! Er weiß nur nicht – welche.

Da ist noch einiges zu tun.

Der kleine Junge

Bevor Bruno schreibt, muss er sich Musik unterlegen: Beethovens "Klavierkonzert Nr. 5".

Alles ist schon Monate her, dass er das tat, was ihm Freude machte. Es ist auch Monate her, dass er überhaupt Musik hörte, weil er sie gerade hören wollte. Er meint hier keineswegs das Gedudle im Autoradio, das er eh nicht wirklich hört.

Was war ihm heute, nach dem Gespräch mit dem Therapeuten, wichtig?

Sowohl bei selbstgestellten als auch und überwiegend bei von außen an ihn herangetragene Aufgaben, sind seine Versagensängste greif- und in ihm spürbar.

„Du bist nichts, du kannst nichts", hatte sein legasthenischer Vater ihm ständig eingeredet. Bruno konnte der Beste in der Schule sein und die in allerhöchsten Tönen von Lehrern und Lehrerinnen vorgetragenen Hymnen auf seine „hohe Intelligenz" auf seinen Vater niederprasseln lassen. Nichts half. Eine Zwei in einer Arbeit, entlockte Julius Kallenbach ein Schulterzucken, eine Drei … das dem Sohn Bekannte. Eine Eins? „Das geht besser!" Irgendwann wird man's schon glauben, was der Vater sagt.

Und heute? Schafft er diese Aufgabe, oder schafft sie ihn?

Selbstzweifel, die ihn beherrschen. Da konnten selbst von ihm bevorzugte Professoren nichts ändern, die sich bewundernd über seine „analytischen Fähigkeiten, Ihre Intelligenz" äußerten. Allein, ihm fehlte der Glaube – an den Inhalt ihrer freundlichen Worte und an sich selbst.

„Das geht besser!"

Bruno ist bis heute der Meinung, dass er seine eigenen Brotkörbe mit der lebensnotwendigen Verpflegung zu hoch gehängt hatte. Unerreichbar hoch. Oder war's doch sein Vater Julius?

Seine Zurückhaltung in Gesprächen ist nichts weiter als mangelndes Selbstwertgefühl und mangelndes Selbstvertrauen.

Was hätte er noch mehr tun müssen?

Selbstzweifel. Hinter jedem Lob die Falle sehen.

Vorsicht: Da stimmt etwas nicht!

Es ist zum Kotzen!

Ihm ist zum Kotzen.

Bruno würde seine Energie mit seinen Selbstzweifeln verbrennen, sagt er. So wird es sein.

Wenn jedoch einmal eine „Sache" läuft, und er das Gefühl gewonnen hat, jetzt endlich ein Stück unentbehrlich geworden zu sein, dann komme das ICH unter dem - wie hat sein Therapeut gesagt? - "kleinen Jungen" hervor.

Der kleine Junge, der verängstigte ...

Traurig ist er, der kleine Junge, traurig.

Er wird so anhänglich, so loyal, der kleine Junge, wenn man ihn mit ein klein wenig Anerkennung salbt. Weil er es nicht fassen kann, glaubt er's auch nicht. Und er bleibt weiterhin manipulierbar!

Er will ja diese salbungsvolle Anerkennung möglichst und unter keinen Umständen verlieren. Nein! Will er nicht!

Diese Fessel ist - gelinde ausgedrückt - zum Kotzen!

Aber der kleine Junge frisst lieber noch sein Erbrochenes, bevor er auf die Idee kommen könnte, er SELBST zu werden.

Er malträtiert sich lieber noch weiter, solange, bis die Flamme erloschen ist, die ihn am Leben erhalten könnte.

Und seine Sehnsucht nach Harmonie, Nähe, Liebe wird immer mehr zur unerfüllten Sehnsucht. Das macht ihn - manchmal - aggressiv und immer trauriger. Und weil es ihn aggressiv macht, nehmen auch geliebte Menschen ihre Beine in die Hand und verschwinden im Dickicht der Städte – oder wohin auch immer.

Manchmal fällt dem kleinen Jungen jedoch ein, sich zu wehren, wenn er das Gefühl nicht mehr loszuwerden scheint, seit Langem mit dem Rücken an der Wand zu stehen und nur noch Prügel einzustecken hat, die mit ihm doch gar nichts zu tun haben dürften. Oder doch? Zweifel.

Dann wird er ganz plötzlich wütend, der kleine Junge, und schlägt wütend weinend zurück. Ohne Rücksicht auf weitere Verluste.

Das versteht keiner, und daher bleibt der kleine Junge in der Einsamkeit, der er so gerne entfliehen möchte.

Das Wissen und die daraus resultierende Angst vor dem Tod sollten doch als ,akzeptable' Verdrängung hinlänglich ausreichend sein.

Das Morgen ist morgen, das Jetzt ist jetzt.

Es sind so viele Kopfgeburten.

Das Leben könnte so schön sein, wenn es nicht so scheiße wäre.

5

Vaterlose Gesellschaft

Politisch hatten sich Bruno und weite Teile seiner Generation in den beginnenden 70er Jahren eingeschossen auf die Geschichte der Eltern. Gruppenüberzeugend: Sie, die Eltern, seien Nazis gewesen. Kaum jemand, der darauf achtete oder darauf hinweist, wie alt die eigenen Eltern etwa zum Ende des Zweiten Weltkrieges waren. Solcherlei Überlegungen beginnen später. 2006 ist die teilweise kollektive Empörungen beim Bekanntwerden von Günter Grass' Zugehörigkeit zur Waffen-SS aber immer noch groß. Grass war am Ende des Krieges noch keine achtzehn Jahre alt, kaum älter als der größte Teil der eigenen Eltern. Viele hatten sich zu unterschiedlichen Zeiten den Film „Die Brücke" angesehen. Viele hatten geweint. Viele hatten sich empört darüber, dass zum Ende des Krieges hin, Jungen, junge Männer mit vierzehn, fünfzehn, sechzehn Jahren als letzte Reserve, als „Kanonenfutter", Übergänge über den „Vater Rhein" verteidigen mussten. Teile der moralinsauren Gesellschaft erdreistet sich aber, ein Urteil über eine Elterngeneration zu fällen, die als Kinder und kaum als politisch reflektierende Menschen auf dieses Verbrechersystem hereingefallen waren. Auch bei Bruno hatte es gedauert, bis er anfing zu begreifen, dass eine Sippenhaft der Wahrheitsfindung wenig dienlich ist. Auch er hätte es bei den Globkes, Kiesingers und anderen Konsorten belassen sollen, die mit teils gefälschten Dokumenten oder sogenannten

Persilscheinen an der Gerichtsbarkeit der Alliierten vorbei in der neugegründeten Bundesrepublik in Politik und Wirtschaft Fuß fassen konnten. Im Grunde muss es heißen: Fuß fassen durften.

Es waren jene, die im Dritten Reich exponierte Stellungen im Verbrecherapparat bekleideten, und nicht jene, die bereits durch die Hitlerjugend indoktriniert und auf die verqueren Ideen der Nazibande eingeschworen worden waren. Kinder, denen diese Gewaltverbrecher die Jugend geraubt, denen sie neben Kommissbrot auch ein lebenslang wirkendes Trauma mit in den Affen[12] gepackt hatten, ohne ihm Zucker gegeben zu haben. Den hatten sie nicht vergessen. Nein! Ein süßes Leben hatte man ihnen nicht versprochen.

Ein ausgedehntes Leben in einem „gesäuberten" und vergrößerten „Vaterland".

Ein Vater und die Frauen

Brunos Vater Julius hatte großen Respekt vor starken Frauen. Den größten Respekt zollte er ihnen, wenn sie nur ja weit genug von ihm entfernt waren. Im Fernsehen beispielsweise oder auf großer politischer Bühne. Die allerdings auch nur im Fernsehen.

Ansonsten blieb er bei seinem Muster, das er kannte, das er abspielen konnte wie eine Schallplatte von Freddie Quinn. Alle seine Sprünge zur Seite, seine „Kröösje", waren jene mit Frauen, die Brunos Mutter sehr ähnlich waren. Im Charakter, in ihrer Haltung gegenüber Männern. Eher devot, demütig, den starken Mann in Julius Kallenbach hofierend und einfordernd. Und Julius? Er spielte den Starken, den nichts und niemand erschüttern konnte. Aber irgendwann machten alle seine Gespielinnen Schluss mit ihm, nachdem er sie das erste Mal, bei einigen nach dem zweiten oder dritten Mal, verprügelt hatte. Warum hatte er auch sie verprügelt? Ganz einfach: Weil sie nicht so wollten, wie er es wollte. Weil er nichts anderes gelernt hatte, als die Frauen auf diese Art und Weise zu domestizieren. Viele seiner „Eroberungen" waren verheiratet und konnten ihren Ehemännern die blauen Flecke nicht mehr so ohne weiteres mit einer unachtsamen Benutzung des Treppengeländers erklären.

So wollte Bruno nicht werden, so wollte er nicht sein.

Zum Kaffee gab es Pustekuchen.

Starke Frauen

Das wollte Bruno bei den Frauen unbedingt anders machen als sein Vater. Kraftlose Frauen, die sich wie seine Mutter, solche schwachen, aber sich als stark aufspielenden Männern unterwerfen, sind für Bruno kein Thema. Oft genug muss er sich zügeln und korrigieren, wenn sich Verachtung diesen Frauen gegenüber in ihm breitmachen will. Das beste Mittel dagegen: Sie meiden, wo es sie zu meiden galt.

Starke Frauen hingegen nicht meiden, wie sie der Vater gemieden hat, sondern sie finden. Starke, intelligente, kluge Frauen, emanzipierte Frauen und – wenn's geht - humorvolle, selbstironische Frauen. Das musste geübt werden. Einige Briefe einiger Frauen geben einen Einblick in Brunos Feinfühligkeit. Sie zeigen aber auch seine Verletzlichkeit und seine – aus der Sicht der Frauen – falschen Schlüsse, wenn er seinen Verdacht zuließ, die anfänglich doch so harmonische Beziehung könne in einer dauerhaften, festgezurrten Gefangenschaft enden. Das hatte er nun mal nicht gelernt. Wie sollte das auch gehen?

Aber es gab sie: Die Liebesbriefe. Einige schön, andere weniger schön. Das waren dann auch keine Liebesbriefe. Das konnte Bruno sogar alleine feststellen.

„,Geliebter'", schreibt die eine, „'Geliebter' drückt viel zu wenig das aus, was ich für Dich empfinde. Dein Brief löst Emotionen weit unten in mir aus. Vieles, was ich jetzt schreiben werde, hat auch nur wieder mit mir zu tun. Dein Brief. Schon kommen die Tränen wieder hoch. Die Fixierungen in meinem Leben: Mein Vater, meine Freundin, die Männer, haben mich total gelähmt. Oft unfähig, Dinge zu tun, die nötig oder wichtig waren. Meine Gedanken und Gefühle (waren es wirklich Gefühle, oder habe ich mir etwas vorgemacht?) richteten sich bei mir nur auf die fixierte Person. Es war kein Platz mehr für irgendetwas anderes. Immer blieben die Zweifel, ob sie mich liebten. Ich wendete mich langsam innerlich ab, um mich zu schützen und habe am Ende nie recht gehabt."

Bruno weiß, was da steht. Er kennt es. Jetzt sind sie zu zweit. Zwei Negativpole, die sich voneinander wegdrücken.

„Wie soll ich das denn jetzt ändern", brummelt er vor sich hin und liest vorsichtshalber weiter.

„Das ist wichtig", liest er. „Je größer die Fixierung wurde, desto mehr habe ich mich innerlich zurückgezogen, dichtgemacht, und wurde so natürlich weniger verletzlich. Und auch irgendwo unerreichbar: Es kam ja niemand mehr merklich an mich 'ran."

Bruno schüttelt den Kopf. Was ihn betrifft, stimmt dieser Satz nicht. Er liest weiter.

„So", steht da, „das stimmt ja gar nicht, ich erzähle dir ja etwas von mir."

So ist es, denkt Bruno und nimmt einen kräftigen Schluck aus der Bierflasche.

„Und was? - Das Erzählte ist gefiltert, sodass nur niemand so richtig an mich 'ran konnte. Selbstschutz. Beschäftigt damit, diesen Selbstschutz aufrechtzuerhalten, beschäftigt mit meinen Fixierungen. Ja, ja! Der orale Typ! Oral kompensiert."

Oral kann doch ganz schön sein, denkt Bruno und nimmt grinsend einen weiteren Schluck aus der Flasche.

„Was demonstriere ich", steht da weiter. „Ich, der orale Typ demonstriere in gewissen Bereichen Selbstsicherheit, leiste ungeheuer viel dafür, kann keine Hilfe annehmen, nicht zugeben, dass ich etwas nicht kann, mir fällt es schwer zu sagen: Ich weiß das nicht. Hilf mir!"

Bruno leert die Flasche, geht zum Kühlschrank, nimmt eine neue und setzt sich wieder an den Tisch. Eigentlich will er nicht weiterlesen, überfliegt einige Zeilen und bleibt hängen.

„Du bist der erste Mensch in meinem Leben, der wirklich Zugang zu mir hat. Mein Bauch liegt offen vor Dir. Es tut so gut, keine Energie mehr für den Aufbau der Mauer zu benötigen. Und ich weiß jetzt, warum ich zwar viele Freunde habe, aber keinen Menschen außerhalb unserer Beziehung, auf den ich mich emotional voll verlassen kann. Ich habe ja nie jemandem die Gelegenheit gegeben, mich in meiner Komplexität zu sehen. […]. Prima, wer kein ganzes Bild von mir hat, kann auch nur einen Teil von mir verletzen."

Brunos Blick wird etwas trübe. Seine Gedanken scheinen ein wenig aus dem Ruder zu laufen. Stimmt. Ganzes Bild … Teilverletzung. Ein Schluck aus der Pulle. Ein letzter Blick.

„In großer Liebe, Deine …"

Fixierungen

Im Grunde ist hier wieder eine alte Geschichte mit wechselnden neuen Personen abgelaufen. Bruno kann und will auch nicht bestreiten, dass die Briefschreiberin ihn an einigen Stellen fasziniert hat. Faszination bedeutet für ihn in diesem Zusammenhang: Fixierung auf irgendetwas in der Person der Frau, die ihm einen Widerspruch suggerierte, ohne dass er wusste, welcher Widerspruch es sein könnte. Er suchte förmlich den Schlüssel dazu.

Immer wieder ist es aber ein ähnlicher Ablauf. Seine Fixierung auf andere Frauen und sein Bestreben, näher an sie heranzukommen. Immer das gleiche Muster.

Seine zeitweilige Fixierung auf A., seine Fixierung auf G., seine Fixierungen auf andere Frauen.

Alle haben sie - so glaubt er - eines gemeinsam: Sie wirkten in den ersten Augenblicken authentisch, mit sich im Reinen, klug, aber zurückhaltend. Sie besitzen ein Selbstbewusstsein, das ziemlich unumstößlich wirkte. Vordergründig.

Alle haben aber auch andere, sehr vergleichbare Charaktereigenschaften: Sie wirken hinter ihrer Selbstsicherheit sehr zerbrechlich, voller Ängste, was eine Beziehung angeht, und doch mit dem Wunsch nach einer Beziehung behaftet. Es ist das Unausgesprochene, das Zurückgehaltene, das Geheimnis hinter dem Geheimnis, das Bruno festhält, ihn fixiert.

Seine Verhaltensweisen sind scheiße. Das weiß er und schämt sich nach jeder Beendigung einer Beziehung. Er selbst setzt den Maßstab dafür, wer ihn kennenlernen darf oder nicht oder wie viel von ihm. Wer ihn kennenlernt, hat ihn noch lange nicht kennengelernt. Wie auch? Bruno ist derjenige, der preisgeben kann – oder eben nicht. Meist eben nicht.

Und das Schlimme ist: Jeder findet – oft gar zum gleichen Zeitpunkt - die Widersprüche des anderen heraus. Die Zeit des Zuhörens scheint dann vorüber, die Zeit des Kritisierens beginnt.

Wenn G. beispielsweise sagt, sie sei ähnlich wie er, so stimmt das nur bedingt. Da lässt sich Bruno auf keine Diskussion ein. Ähnlich sind sie sich nur in dem Wunsch, mit und bei anderen Menschen Nähe spüren zu wollen, sich gerne auch gegenseitig inspirieren, sich mitreißen, hochschaukeln und den anderen dennoch nicht in die tiefsten Tiefen vordringen zu lassen. Volle Kontrolle.

Ach, wenn alles so einfach wäre, Bruno.

Und schon zieht er seinen Kopf wieder in den schützenden Panzer. Next time, next game.

Kopf oder Bauch

Bruno läuft schon den ganzen Tag über mies gelaunt durch seine Wohnung. Er grübelt, schlürft literweise Kaffee und zur Entspannung das eine und auch das andere Glas Wein. Zwischendurch ein Bier. Er setzt sich an seinen Schreibtisch, nimmt den Montblanc-Füller – oder war es doch der von Pelikan, der grünschwarze? - und beginnt zu schreiben. Unglaublich, aber wahr. Damals schrieb Bruno tatsächlich gerne noch mit edlem Schreibutensil. Die freie Hand greift hin und wieder das Glas. Er nippt am Wein, ohne den Text aus Augen und Sinn zu verlieren.

„Nachdem ich gestern versucht habe, den inhaltlichen Ablauf der vergangenen Tage in Bezug zu setzen auf die Abläufe und Animositäten unserer Beziehung, fällt mir heute ein, dass es mir bei der Suche nach dem Grund meiner Distanzierung von C. (heute klar werdend und daher im Nachhinein) offensichtlich um eine zwar vorhandene, aber nicht gezeigte, nicht gelebte erotische (soll heißen: frauliche) Ausstrahlung geht.

Wenn ich mir das Gespräch vom Sonntag noch einmal in die Erinnerung zurückhole (und meine Notizen aus dem Gespräch zu ‚Rate' ziehe), fällt mir auf, dass der Tenor des Gespräches im Grunde genommen mit meinen Gefühlen, die ich nicht sogleich zu beschreiben wusste, einherzugehen schien.

Das Grundthema war: C. hatte das Gefühl, in ihrem Leben nicht ‚gehört', demnach nicht ernstgenommen zu werden. Sie hat das, was sie von sich hat zeigen wollen (z. B. Weiblichkeit!) in sich vergraben und versucht zu lernen, sich ‚durchzusetzen'. Was auf der Strecke bleiben musste, war ein - wenn nicht gar der - wesentliche Teil ihrer Fraulichkeit, ihrer Weiblichkeit, ihrer weiblichen Gefühle, ihre Verletzlichkeiten.

Ich habe keine Lust mehr darauf, den Softie zu spielen, nur weil ‚die' Frauen der - durchaus berechtigten - Meinung sind, in dieser Männergesellschaft massiv unterdrückt zu werden.

Wir Männer haben zu lernen, das Leben nicht nur von seiner zynischen Seite zu ‚erleben', sondern zuzulassen, dass wir verletzlich, dass wir ‚weich' sind, zuzulassen, dass wir den Mutterschoß noch heute brauchen, zuzulassen, dass wir eintauchen möchten in die Wärme, die Nähe, die Geborgenheit. Das heißt aber nicht, dass wir nicht lernen sollten, unserer Männlichkeit auf die Spur zu kommen.

Warum sind Männer angeblich aggressiver als Frauen? Warum sollten Frauen nicht ebensolche Aggressivität mit sich herumschleppen?

Frauen sollten das sein, was sie stark macht: warm, weich und voller Gefühl.

Männer sind nicht warm, weich und voller Gefühl. Sie sind aggressiv. Sie sollten ihre andere Seite kennenlernen.

Wir sind alle alles!

Ich will keine männlichen Männer, die sich ihrer Verletzlichkeit nicht bewusst sind!

Ich will Erotik und Spannung in einer Beziehung, nicht endlose Diskussionen über den ‚kleinen Unterschied'. Den kennen wir alle. Darüber muss nicht diskutiert werden, als müsste jemand das Rad wieder neu erfinden.

Ich will die wandelnde Erotik, die wandelnde Lust, die wandelnde Geilheit aufeinander.

Ich will Weichheit, nicht männlich ‚falsch' nachge-spielte Motorik der ‚Härte', der ‚Standhaftigkeit' usw.

Ich will Mann sein, so, wie ich will, dass eine Frau eine Frau ist. Ich will den ‚Unterschied' sehen lernen, der angeblich zwischen Männern und Frauen herrscht.

Erotik ist, wenn Mann/Frau sich selbst lieben kann.

Körperbewusstsein, Selbstliebe, ohne den anderen zu vergessen.

Wäre es doch so leicht."

Viele Jahre später nimmt Bruno diese „Abhandlung" aus seinem Gefängnisordner und liest. Es ist eine Zeit, die vom Alkohol befreit ist. Die Verneblungen im Ge-hirn sind futsch. Und so liest er kopfschüttelnd den Text.

Abgedrehter kann man wohl eine solche „Abhand-lung" nicht zu Papier bringen, denkt er. Völlig ver-kopft.

Junge, Junge.

Liebeszettel mit Rückseite

Auf dem Küchentisch liegt ein großer Zettel. Oben, mit einem Bleistift des Härtegrades 2B, in Großbuchstaben geschrieben, steht:

„Für Dich, Bruno.

Wenn das, was ich wirklich gesucht habe,
wirklich geworden ist, wie gehe
damit in der Wirklichkeit um?

Wenn ein Gefühl mir hundert Worte
entreißen will, mein Kopf sie aber
nicht freigibt?

Wenn meine Zunge Sätze über die
Lippen bringen will, aber mein Mund
verschlossen bleibt?

Wenn mein Körper tausendmal
die Nähe spüren will, aber meine Hände
gegen eine Wand schlagen?

Wo bin ich dann?"

„Als Jugendliche glaubten wir an eine Liebe á la Beatles, Sagan, Woodstock.

Wir machten Sex und waren allenfalls verliebt.
Mit dem Verlieben begann das Verbiegen
des Anderen, dann das Verbiegen des Selbst.

Und dann?
Ehe
- es mit unserer Illusion abwärts gehen sollte, glaubten wir sie endlich begriffen zu haben. - Die Liebe.
Besiegelt ging sie dann schnell den Bach hinunter.

Von da an wollten wir nur noch uns selber lieben.
Das war der Schlüssel: Das Selbst.

Aufrichtiges Wahrnehmen des Ich im Du.
Staunen.
Über den geraden Weg, den das Du zu meinem Selbst nahm.

Beinahe ohnmächtiges Erkennen des Ich im Du.

Ende einer Beziehung

Und dann war da noch B., die Bruno ein Resümee mit integrierter Kritik an seinem Verhalten in den Briefkasten gelegt hatte. Nach der Lektüre wird Bruno zugeben müssen, dass Bs. Brief stellvertretend für alle Frauen geschrieben wurde, vor denen sich Bruno, nach heftigster Anfangszeit, durch Flucht entzogen hat. Bei aller Liebe oder das, was er dafür hielt.

„Lieber Bruno,
ich hoffe, dass ich Dich trotz aller Scheiße, die gelaufen ist, nochmals bitten darf, meine Blumen zu gießen.

Wenn Du bis jetzt noch nicht vor Wut geplatzt bist, lies bitte weiter. Vorab solltest Du wissen, dass ich Dich sehr mag und die totale Funkstille, die jetzt herrscht, ganz schlimm finde und mich ziemlich traurig macht. Es ist allerdings sehr schwer, über seinen Schatten zu springen, nach so einer Ätzphase unvoreingenommen miteinander zu reden. […] Deshalb versuche ich es einfach mit Schreiben, obwohl es mir nicht leichtfällt und ich Angst habe - vor Deiner Reaktion oder - viel schlimmer - vor Deiner Nicht-Reaktion!

Ich habe in den vergangenen Wochen viel nachgedacht, dazu kam noch ein dreitägiges Persönlichkeitstraining, in das ich sehr skeptisch hineingegangen bin, aber im Nachhinein doch gar nicht so schlecht fand, weil ich, glaube ich, einiges über mich selbst gelernt habe. (Du lagst mit Deiner Analyse gar nicht so falsch!)

Vielleicht geht es am besten chronologisch und indem ich erzähle, was bei mir abgegangen ist. An dem Abend, zwei Tage vor meinem Urlaub, hätte ich gerne eine Streicheleinheit gehabt, sie aber nicht bekommen.

Du wolltest Deine Ruhe, hast das aber nicht gesagt, aus welchen Gründen auch immer. Stattdessen passierte die totale Demontage, das brutale Einschlagen auf die berühmte Mauer, auf das ich normalerweise mit einer neuen Schicht Steine reagiere. Dummerweise kann ich auch nur selten aus meiner Haut und sagen, was ich wirklich will - schon hatten wir wieder einen Fall von „Keiner versteht mich" - ich nehme an, beidseitig. Wie dem auch sei, ich war sehr verletzt und wütend, ich weiß nicht, ob mehr auf Dich oder mich, weil Du es mal wieder geschafft hattest, mich kalt zu erwischen, mich zu demontieren, meine Identität anzukratzen, und die hat tatsächlich einige Macken und ist oft nicht sonderlich stabil.

Dann kam ich aus dem Urlaub wieder und habe Dich angerufen. Ich hatte kein Treffen mit Dir vorgehabt. Du erst recht nicht, hast Du gesagt.

Dummer Zufall nur, dass Du gerade in der Kneipe aufkreuzen musstest. Ich habe mich schlicht ignoriert und dann beleidigt gefühlt - im Nachhinein betrachtet war es nur eine typische Bruno-Aktion. Das war mir da aber nicht klar. Zusammen mit der Chronologie der Ereignisse vor dem Urlaub ist bei mir nur angekommen: Mit der Frau rede ich nicht mehr, die ist zu doof, ist es gar nicht wert. Das verletzt, und wenn mir so was passiert, schlage ich zurück und meistens auch über die Stränge. Aber diese Verhaltensweise brauche ich Dir ja wohl nicht zu erklären.

Das ist der Stand der Dinge - aus meiner Sicht. Einige Steinchen fehlen mir jedoch noch in meinem Puzzle: Kann es sein, dass Du bewusst die Notbremse gezogen hast, weil aus unserem Verhältnis doch so etwas wie eine Beziehung zu werden drohte - die Du ja ganz klar zurzeit weder brauchen kannst noch haben willst? (Fairer wäre in dem Fall ein klares Wort gewesen.) Ich vermute, dass Du ebenfalls Schwierigkeiten hast, Deine eigenen Bedürfnisse klar auf die Reihe zu bringen und dann auch noch zu artikulieren. Was bringt Dich dazu, mich stattdessen demontieren zu wollen, mich von meinem "hohen Ross" runterzuholen, mich bloßzustellen? Ich dachte, Du hättest gemerkt, dass ich nicht so stark bin, wie ich meistens vorgebe. Ich würde mich freuen, wenn wir wieder miteinander reden könnten. Ich trauere zwar um den Sex, den ich mit Dir immer sehr schön fand - vielleicht macht es die Sache für Dich unverbindlicher, wenn wir nicht mehr miteinander schlafen. Ich stehe nach wie vor zu dem, was ich über mein Beziehungsideal gesagt habe. Zurzeit sehe ich keine Gründe, in eine andere Richtung zu denken. Was ich gelernt habe: Ich muss das Kind in mir mehr pflegen, es einfach auch mal zulassen. Vielleicht ist das auch bei Dir wichtig.

Gruß + Kuss"

Die Kopfinsel

In einer der Sitzungen hatte Bruno seinem Therapeuten geschildert, dass seine Distanz zu seiner Lebenspartnerin immer größer werde, und dass er mehr und mehr den Eindruck gewänne, diese Frau passe nicht zu ihm. Es sei keine Liebe. Jedenfalls nicht die, die er sich erhofft hatte. Im Übrigen sei diese Frau in vielen ihrer Verhaltensweisen immer noch sehr dogmatisch, sie sei wenig spontan, alles überlege sie, ständig sei ihr Kopf eingeschaltet etc.

Hatte er gerade von sich oder von seiner Freundin gesprochen? Selbst der Therapeut wirkt ein wenig überrascht. Warum eigentlich? Solche Beschreibungen hört er von Männern doch täglich. Es gibt Politiker, die sich nach jahrelanger Ehe von ihrer Frau trennen und mit männlichem Pathos behaupten, sie seien nicht auf Augenhöhe – die Frauen. Es gibt sie, diese Männer, die selbst nach Jahrzehnten nicht begriffen haben, dass sie nichts weiter sind als selbstgerechte Schwachköpfe.

Bruno macht sich heute keine Gedanken darüber. Es muss ja weitergehen.

Der Therapeut gibt ihm gleichsam ein Gleichnis an den Verstand. Oder war das Herz gemeint? Bruno schießt es durch den Kopf: immer eins nach dem anderen.

Der Therapeut spricht von Brunos Insel, auf der sich ein anderer Mensch mehr und mehr breitzumachen pflegt und er, der arme Bruno, sich entsprechend von Tag zu Tag unwohler fühle. Etwa: Robinson trifft auf Freitag.

„Der fehlt mir gerade noch", denkt Bruno, hört aber weiter zu.

Wie er, Bruno, denn im Nachhinein die Situation sähe, fragt der Therapeut, in der er G. traktiert habe.

Bruno antwortet spontan:

„Ich glaube, sie hat sich mit Freitag verbündet und mich von meiner Insel verbannt."

Sieh an, Bruno lacht. Nur kurz, dann ist er sich der Lage auf dem weichen Schaumstofflager wieder bewusst.

„Ich liege am Boden", geht es ihm durch den Kopf.

Der Therapeut stutzt vor sich hin. Auch das tun Therapeuten hin und wieder. Das bekommt Bruno gar nicht mit. Er redet einfach weiter.

„Schon in den Monaten vorher habe ich - teilweise sehr böse - versucht, mir einen Platz innerhalb der Wohnung zurückzuerobern. Einen von den Plätzen, die sie einfach besetzt hielt."

Der Therapeut wusste von Gs. Beichte, ein Verhältnis zu einem anderen Mann zu haben. Kann passieren. Mit den Zurückgebliebenen verdient er ja sein Geld. Im Augenblick fragt er sich allerdings, ob Bruno seinen Sprech von einem Teleprompter abgelesen hat oder ob es der Anfang einer Reportage werden soll. Berechtigte Zweifel.

Bruno denkt derweil eine Weile nach. Stille im Raum. Stille in seinem Inneren. Er scheint an seiner Teleprompter-Rede zu feilen. Möglichst mit einem Ergebnis. Und da kommt es schon – das Ergebnis.

„Vielleicht", sagt Bruno, „vielleicht war oder ist die Wohnung meine ‚Insel', und ich stehe bereits mit den Füßen im Wasser?"

Der Therapeut nickt zustimmend. Immerhin: Die Idee kam ja von ihm selbst.

Die Stunde ist zu Ende.

Öffne deine Augen und gehe hin. Die beiden verabschieden sich voneinander.

„Bis zum nächsten Mal", sagt der Therapeut und schließt die Praxistür.

Hoffentlich vergisst der nicht, seinen Prompter abzuschalten, denkt er. Einen kurzen Moment später grinst er vor sich hin und sagt in sein leeres Behandlungszimmer hinein:

„Ach, so schmutzig kann das alles sein?"

6

Jean Améry: Hand an sich legen?

Bruno hat das Buch von Jean Améry vor sich auf dem Küchentisch liegen. „Hand an sich legen".[13]

Die geschlossene Welt des Freitodes. Geschlossen. Kein Austritt, nur ein letzter, ein allerletzter Eintritt. Eintreten in ein Reich, in dem es keine Liebe, aber auch keinen Hass gibt. Eintreten in das Reich des Dunkels, in dem die Sonne scheint. Eine Option.

Das Reich des Dunkels sei in ihm, denkt Bruno.

Sein Vater habe es ihm eingerichtet mit seiner Schreckensherrschaft. Der Vater habe ihn, Bruno, in seinem eigenen Inneren, in seinem Selbst in Ketten gelegt und ihn verhungern lassen. Und Bruno ist sich sicher, dass es so war. Elendiglich habe er ihn verhungern lassen.

Auch da ist sich Bruno sicher.

Den Hunger nach Befreiung, nach Liebe, nach Zärtlichkeit und Trost, nach Aufmunterung. In der Dunkelkammer gibt es nur Schmalhanskost.

Vater Julius Kallenbach gab ihm irgendetwas zum Kauen, aber nichts zu essen. Er ließ ihm kein Licht, damit er auch das Wenige um ihn herum nicht hat sehen können. Er musste sich auf seine Bilder im Kopf verlassen.

„Ich weiß", sagt Bruno laut und schaut die Seiten des Buches an, „es bleiben Fantasien, die ich nie habe an einer Wirklichkeit messen können. Mir fehlt bis heute das Vergleichskriterium. Weggeprügelt."

Und was noch, Bruno?

„In meinen Fantasien", fährt er fort, „habe ich Menschen geliebt, von denen ich glaubte, dass sie mich liebten. Ich schrie in meinem Verlies. Ich schrie, weil ich mich von meinen Ketten losgelöst und aus dem Kerker geholt wünschte, um mich bei all jenen herzlich zu bedanken, die mir die Liebe, Zärtlichkeit, ihr Zutrauen, ihren Trost und ihre Aufmunterungen gezeigt haben, ohne dass ich sie haben erkennen können."

Und? Was hat dein Schreien ausgelöst?

„Nichts", antwortet Bruno, „eigentlich nichts Gutes. Mein Schreien holte nicht den Kerkermeister heran, sondern verscheuchte meine Fantasie-Menschen mitsamt ihrer Liebe. Da sich all dies immer und immer aufs Neue wiederholte, begann ich, auch meinen Fantasien zu misstrauen. Ich verfiel in Lethargie. Mutlos geworden gegenüber der Hoffnung, ein Mensch könne meine Schreie hören und mich befreien. Aber nichts geschah. Mein anfängliches Schreien war laut, aber nicht zu hören. Mein Wimmern hat gegen das Schreien keine Chance mehr. Ich entsage der Fantasie und bleibe im Kerker."

„Das ist durchaus eine Lösung, guter Freund, aber weder die einzige, noch die richtige. Wie könnte Udo Lindenberg es gemeint haben, wenn er in einem seiner Lieder singt: ‚Nimm dir das Leben'? Nicht auf etwas warten. Nein! Sich das nehmen, was du brauchst: Dein Leben. Was suchst du nach Liebe, ohne zu wissen, wie sie sich anfühlen könnte?"

Eine andere Stimme meldet sich: „Was du unter Liebe verstehst, ist etwas Plakatives, etwas Eingebildetes. Du musst die Liebe zulassen können. Was bleib sonst?"

„Keine Ahnung! - Keine Liebe?"

Ängstliche Mutter

Ängstliche Mutter, schweigsam, ohne Gegenwehr.

Aggressiver Vater, lautstark, geballter Zorn nach außen.

Zwei Formen der Hilflosigkeit.

Lautstarkes Schreien und stummes Leiden. Offensives Leid und defensives Leid.

Ein minderjähriger Sohn als Beschützer der Mutter vor dem Vater, als Beschützer der Frau vor dem Mann. Mit den Geschwistern leiden, mitleiden, nachleiden. Repressalien aushalten, Prügel wegstecken.

Nie so ganz den Mut verlieren und immer wieder aufs Neue beschützen, immer wieder aufs Neue Gewalt über sich ergehen lassen.

Den inneren Druck mit dem äußeren Druck stetig wachsen lassen. Selbsterhaltung?

Sich zwischen die beiden Leidensformen stellen lassen, ohne die Entscheidung dafür beeinflussen zu können, ohne gefragt worden zu werden, ob man selbst eine eigene Leidensform wählen wolle.

Sich vom stummen Leiden die Garderobe des lautstarken Schreis überziehen lassen.

Gewöhnung bis zur Identifikation. Aggressive Angst bis zur Perfektion ausgefeilt.

Der Gegenwert zur Perfektion: der Liebesentzug.

Undurchdringliche Mauern der Abweisung, undurchdringliche Mauern der Angst.

Durchlittene Überforderung. Festgegossene Garderobe. Die schützende zweite Haut. In falschen Kleidern durch sein eigenes Leben wandeln.

Der dramaturgisch gesetzte Schrei zum eigenen Schrei verinnerlicht, durchlebt, durchlitten.

Liebesentzug aus Kraftlosigkeit.

Unmenschliche, kraftvolle Unterdrückung der himmelhochsteigenden Angst vor dem Mann im Kinde.

Nach außen gerichtete Fixierung auf die sich entfernende Liebe. Hilflose Schreie nach unbeantworteter Liebe.

Ratlosigkeit, Hilflosigkeit, Zusammenbruch, Rückzug in die innere Einsamkeit.

Tiefe Leere in der schwarzen Höhle. Einsames Weinen, tränenersticktes Schluchzen, Verzweiflung. Tiefe Ruhe.

Zähne zusammenbeißen, sich aufrappeln, mit geballter Faust nach vorn auf dem verinnerlichten Weg.

Ausgetauschte Akteure.

Wiederholungen auf der Suche nach Liebe.

Über Steine stolpern und fallen, aufstehen, mit verschnürter Seele weiter nach vorn.

Hindernisse wegräumen, Zeit verlieren, verstärkten Druck verspüren, beide Hände flehend nach vorn halten, Faust und offene Hand, gebeugt nach vorn stolpern.

Liebe am Wegrand verteilen, scheibchenweise. Zu wenig für die Wartenden am Wegrand, zu viel von der eigenen Substanz. Scheibchenweise.

Lautloses Schreien in lärmender Dunkelheit, tastendes Nach-vorn, stolpernd, fallend, aufstehend, stolpernd, fallend ...

Die Einsamkeit im Dunkel. Schreie im Innern der Höhle ohne Ausgang. Stolpern, fallen, aufstehen. Erschöpfung.

Stille, gesenkter Blick. Sich aufgeben wollen. Immer wieder Reserven loskratzen.

Den Kopf heben und in weiter Ferne ein Licht zu erkennen glauben. Mut schöpfen. Ungläubiges Staunen.

Die Schmerzen vergessen, aufstehen, weiterstolpern, scheibchenweise Kraft abgeben, der fixierten Hoffnung entgegenhecheln.

Fixierung. Lebloser Gang durch tosendes Leben.

Fixierter Focus. Festgetackert.

Die Hoffnung auf einen Ausgang nicht aufgeben.

Die Geburtsschleuse. Tiefer Wunsch im letzten Antrieb. Schmerzen. Leiden.

Und das immer weiter?

Hüllen

Zusammengekauert sitze ich
und warte auf deine Fragen.
Deine fragenden Blicke sehe ich nicht,
deine stummen Fragen höre ich nicht.
Meine stummen Schreie -
Sie verhallen lautlos im Nichts -
Wie deine Fragen.
Aus dem Nichts zurückgeprallt,
grinsen sie mich lautlos an.
Ich schrecke zurück -
Und werde kleiner ...
Unantastbar stehen wir uns gegenüber.
Wir schauen uns an -
Und sehen uns nicht.
Hüllen, die wir anstarren,
bewegungslos.
Pulsierendes Leben wie Atome im Kernmantel,
unsichtbar,
mikroskopisch kleine Unendlichkeit.
Zusammengekauert sitzt du und wartest
auf meine Fragen.

Unter Menschen sitzen

Unter Menschen sitzen, die du nicht kennst.
Unter Träumen erdrückt werden.
Wünsche, die sich auftürmen.
Türme, die man nicht erklimmen kann.
Tausend Augen, die dich mustern.
Tausend Blicke, die dich töten können.
Zentnerschwere Last auf deiner Seele.
Unterdrückte Schreie im grollenden Gewitter.
Lautloses Rufen aus den Tiefen deiner Seele.
Unter Menschen sitzen, die du liebst.
An Träumen ersticken.
Aufgetürmte Wünsche ohne Weg.
Augen, die dich mustern.
Blicke, die dich fragend ansehen.
Seelengewichte.
Lautloses Schreien aus der Tiefe deiner Seele.
Unter Menschen sitzen, die dich nicht kennen.

Kleiner Exkurs zum seelischen Leid

Der achtjährige Bruno konnte keinen Schimmer davon haben, was ihn in seinem Leben erwarten würde. Er konnte noch weniger einen Schimmer davon haben, wie sehr ihn die Züchtigungen seines Vaters, der Missbrauch durch einen dahergefahrenen Arbeiter oder die pubertäre Arschfickerei seines Cousins ins Unterbewusstsein fahren würden.

Es wird nur wenige Männer geben, die sein Vertrauen bekommen werden. Es wird der Opa sein, der nie ein strenges Wort an ihn richten wird, von dem er Liebe spürte. Bruno wird der Einzige sein, der den Opa nach seinen Schlaganfällen berühren, ihn gar führen, ihm über die Glatze streichen durfte. Weder seine Tochter, noch Brunos Geschwister wird er an sich heranlassen. Der Opa, der Retter. Und - viel, viel später - sein Lieblingsprofessor. Gerecht, zuhörend, korrigierend, fördernd. Ein Mann hinter dicken Brillengläsern, humorvoll und in sich ruhend. Ein Wunschvater. Viel zu früh gestorben. Der Tod dieser beiden Männer wird zu Brunos größtem Verlust werden. Zu keinem anderen Mann wird er je ein solch warmes Verhältnis aufbauen können. Männer werden ihm fremd bleiben. Zu wenig Herz, zu viel Machtgeilheit, arrogant und kriegstreibend, trotz eklatanter Schwächen, zu stark von sich überzeugt. Vernichter von Leben und Unterdrücker von Frauen und Kindern. Zu Frauen wird Bruno sich hingezogen fühlen. Er will sie beschützen, wie er seine Mutter versucht hatte zu beschützen. Er wird nie Sex erzwingen. Stattdessen werden die kleinsten Unpässlichkeiten als Hinweise gewertet, die Frau nicht zu drangsalieren. Auch dann nicht, wenn es gar keine solcher Hinweise mehr gibt. Wenn beide auf eine Erklärung warten, warum eine neue Situation entstanden ist, wenn sich plötzlich Sprachlosigkeit in die Konversation mischt.

Chaos im Wellenspiel

Aus dem Kopfhörer klingt Jazzmusik an Brunos Ohren. Musik der Brüder Wasserfuhr. Welch' wunderbare Musik, und welch ein Name. Vor Bruno liegt das Meer. Tatsächlich. Er sitzt auf der Terrasse seines Urlaubsdomiziles und schaut auf die sich kräuselnden Wellen. Von weit im Hintergrund kommen sie als dunkle Punkte Seite an Seite langsam auf die Küste zu. Im Näherkommen werden die Punkte größer, vereinen sich in einer dunklen Fläche, vibrieren gemeinsam mit den Wellenerhebungen. Strahlen der Restsonne tanzen mit. Die Farben des Wassers wechseln. Am Horizont ein milchiges, helles Blau. Dann große Flächen neblig angehauchten Grüns, kalte und warme Stellen im Wasser. Je näher zur Küste, desto blauer erscheint das Gekräusel. Am Strand hat sich Blau in Türkisgrün verwandelt. Bruno denkt an Bilder der Karibik, die er noch nie besucht hat. Immer wieder treiben Schiffe weiße Keile in die Wellen. Trennen ganze Wellengruppen, wie Räuberfische Heringsschwärme trennen. Kleine Schiffe, kleine Keile. Große Schiffe treiben große Keile in die flächige Einheit. Jeder noch so kleine Wimpernschlag erzeugt ein neues, ein anderes Bild. Nichts ist gleich. In sich ruhendes Chaos, das den Sand am Strand durcheinanderwirbelt. Beim Rückzug des Wassers ordnet es das stille Chaos neu. Und lässt es bis zur nächsten Welle, bis zur nächsten Flut, augenscheinlich geordnet am Strand liegen.

Den roten Faden in seinem Leben sucht Bruno indes immer noch. Allerdings in guter Hoffnung.

7

„Nichts wird der Patient so gründlich, so lange und so tief verstecken müssen wie sein wahres Selbst." [14]

Alice MILLER (1979)

„Das Denken kann uns nur zur Erkenntnis führen, daß [sic] es selbst uns die letzte Antwort nicht geben kann. Die Welt des Denkens bleibt in Paradoxien verfangen. Die einzige Möglichkeit, die Welt letztlich zu erfassen, liegt nicht im Denken, sondern im Akt, im Erleben von Einssein." [15]

Erich FROMM (1956)

„Der Kampf des Menschen gegen die Macht ist der Kampf des Gedächtnisses gegen das Vergessen." [16]

Milan KUNDERA (1980)

„Er fühlte sich für sein Schicksal verantwortlich, wogegen sich sein Schicksal für ihn nicht verantwortlich fühlte." [17]

Milan KUNDERA (1980)

„Der Riß, der durch die Welt geht, läuft eben auch durchs Ich." [18]

Peter BRÜCKNER (1980)

Inhalt

1

2

3

4

5

6

7 Zitate

Nachwort

In den hier vorliegenden Geschichten von und über Bruno Kallenbach sind alle Namen frei erfunden. Brunos Erlebnisse stehen allenfalls stellvertretend für die kleinen und großen Geschichten vieler anderer Menschen.

Ich habe bewusst darauf verzichtet, einen Roman über Bruno Kallenbach zu schreiben. Die Geschichten um ihn folgen keiner Chronologie im strengen Sinne. Es bleiben weitestgehend Fragmente von Eindrücken und Erlebnissen, die für sich alleine stehen. Wenn wir andere Menschen kennenlernen, steigen wir ja zunächst auch an irgendeiner Stelle in deren Leben ein. An dieser Stelle kennen wir weder den Menschen, den wir glauben, gerade kennengelernt zu haben, noch dessen Geschichte.

Ein möglicherweise gemeinsamer Kontext der Geschichten über und von Bruno wollte ich deshalb bewusst vage halten, sie nicht zwingend einen direkten Zusammenhang ergeben lassen. Die Frage, die ich mir vor dem Schreiben gestellt habe, war:

Gäbe es eine chronologische Abfolge von Erlebnissen und gleichzeitiger Reflexion, könnten wir dann auch die Zeit für Erkenntnisse über uns und unser Leben verkürzen?

Ich bin beim Nein hängen geblieben. Unsere jeweils eigenen Erlebnisse, unsere eigenen kleinen und großen Geschichten kommen unvermittelt – aus den unterschiedlichsten Richtungen. Wir saugen sie auf, wir sammeln sie und stellen allenfalls fest: Unser aller Leben wird nicht auf dem einen, dem fertigen Bild festgelegt. Es ist ein Puzzle. Wie oft suchen wir vielleicht vergebens nach wichtigen Teilen?

Protagonist Bruno ist nicht der Nabel der Welt.

Seine Geschichten sind seine eigenen, subjektiv erlebten Geschichten. Wie die Geschichten anderer. Anders erlebt, anders interpretiert. Grenzenlos.

Was sind Brunos Geschichten also gegen ein körperlich eingeschränktes Leben von Querschnittsgelähmten, von Blinden, von Gehörlosen, von Flüchtlingen? Was sind sie gegen die Erlebnisse vieler anderer Menschen aus Kriegsgebieten? Was ist schon ein Leben Bruno Kallenbachs gegen jenes von Kindern, die zum Kriegsdienst ausgebildet und zum Morden angehalten werden? Diesen Kindern wird keiner sagen, dass sie als Kanonenfutter im wahrsten Sinne des Wortes herhalten und verheizt werden. Wenn sie „Glück" haben, werden sie als völlig traumatisierte psychische Wracks zurückgelassen. Wer hatte dann das größere Glück? Die auf dem „Schlachtfeld" oder bei Sprengstoffattentaten Getöteten oder jene, die mit ihrem kleinen Restleben zurückgelassen werden? Glück! Eine oft inhaltsleere Floskel, die uns an einigen Stellen vorgibt, zu relativieren. Dieses „Glück" hilft uns nicht zuletzt dabei, Schlechtes mit noch Schlechterem zu vergleichen und daraus abzuleiten, das Schlechte sei immerhin noch besser als das noch Schlechtere.

Ich weiß nicht, ob Bruno noch zu dieser Erkenntnis gekommen ist. Ich werde ihn bei nächster Gelegenheit fragen: „Bist du dir sicher, Bruno, dass du allein auf der Welt bist?"

Köln, im Juli 2019
H. J. Hoffmann

ANMERKUNGEN

1 Ein Pfund (500 g) „Echter Bohnenkaffee" war für den größten Teil
der Bevölkerung unerschwinglich und mit den bis 1950 gültigen
„Lebensmittelmarken" zwar hin und wieder erhältlich, aber mit
einer hohen Zuzahlung beim Kaufmann verbunden. Der Preis von
etwa 5 Mark erleichterte die Wochenlohnkasse Johanns um gute
19 % des wöchentlichen Arbeitslohnes. Zum Vergleich: Ein Kilo
Brot kostete 1948 ca. 41 Pfennige oder anders ausgedrückt: 0,41
Deutsche Mark. Mit einem Kilo Brot kam eine vierköpfige Familie
etwa 1,5 bis 2 Tage aus. Hochgerechnet auf den Monat mit 30 Tagen
ergibt ein solcher Brotverbrauch von 15 – 20 kg, entsprechend 6,15
DM bis 8,20 DM im Monat. Die monatliche Miete für die Werks-
wohnung betrug ca. 22 Mark.

2 Solcherart „Grundstoffe" des unechten Kaffees gab es tatsächlich.

3 „Lederstrumpf" ist ein Romanzyklus und der erste bedeutende
historische Roman des amerikanischen Schriftstellers
James Fenimore Cooper (1789-1851). In einigen deutschen Ausga-
ben wird auf dem Buchdeckel der edle Indianer Chingachgook
dargestellt, womit sich der Name Lederstrumpf verbindet.

4 Zu finden in der Frauenzeitschrift „McCall's" aus dem Jahre 1958;
hier zit. der Punkt 10 in:
https://www.stern.de/neon/herz/liebe-sex/suchst-du-einen-
ehemann--diese-tipps-von-vor-60-jahren-helfen-auf-keinen-fall-
8444724.html

5 Kölner Bürger nennen die NRW-Landeshauptstadt Düsseldorf
scherzhaft gerne auch: Die verbotene Stadt.

6 FRISCH, Max (1954), Stiller, Roman, Fischer Taschenbuch Verlag,
Frankfurt am Main, 369.-398. Tausend, September 1972, ungekürzte
Ausgabe. Erstausgabe erschienen 1954 im Suhrkamp Verlag, Frank-
furt am Main

7 Nachzulesen auf:
https://www.stern.de/panorama/wissen/mensch/sexueller-
missbrauch--eine-narbe-wird-immer-bleiben--3738988.html

8 Hounds of Love, die Jagdhunde der Liebe. Es ist das 5. Studioal-
bum von Kate Bush aus dem Jahr 1985. Für die deutschen Fans
wurde sie von Alfred Biolek in seiner ersten Sendung "Bios Bahnhof" am 09.02.1978 entdeckt.

9 NADOLNY, Sten (1983), Die Entdeckung der Langsamkeit, Roman, R. Piper Co. Verlag, München

10 MITGUSCH, Waltaut Anna (1985), Die Züchtigung, Claassen Verlag, Berlin

11 a. a. O., S. 10

12 Für alle Nachgeborenen: Affe, so wurde das „Sturmgepäck" genannt, das der gemeine Soldat, nebst Gewehr und anderer Ausrüstung, mit ins „Feld" nahm. Die Klappe, die über die Öffnung des Rucksackes gelegt wurde, war versehen mit einem rötlichbraunen Fell. Diese Art Gepäckstück und mit diesem Namen versehen gab es noch bei der Bundeswehr. Damals.

13 AMÉRY, Jean (1976), Hand an sich legen – Diskurs über den Freitod, Klett-Cotta, Stuttgart

14 MILLER, Alice (1979), Das Drama des begabten Kindes – und die Suche nach dem wahren Selbst, Suhrkamp Taschenbuch 950, Frankfurt am Main, Erste Auflage 1983, S. 40

15 FROMM, Erich (1956), Die Kunst des Liebens, Ullstein Buch Nr. 35258, Frankfurt/M-Berlin-Wien, Auflage 1650.-1729. Tsd., April 1983, S. 90

16 KUNDERA, Milan (1980), Das Buch vom Lachen und vom Vergessen, Suhrkamp Taschenbuch 868, Erste Auflage 1983, S. 7

17 a. a. O., S. 17

18 BRÜCKNER, Peter (1980), Das Abseits als sicherer Ort, Kindheit und Jugend zwischen 1933 und 1945, Verlag Klaus Wagenbach, Berlin 1980, S. 55